TRANZLATY

La Langue est pour tout le Monde

ภาษาเป็นสิ่งที่ทุกคนต้องการ

Les Aventures d'Alice au Pays des Merveilles

การผจญภัยของอลิซในแดนมหัศจรรย์

Lewis Carroll

ลูอิส แคร์โรลล์

Français / ไทย

Dans le Terrier du Lapin
ลงหลุมกระต่าย

Alice commençait à être très fatiguée

อลิซเริ่มเหนื่อยมาก

Elle était assise à côté de sa sœur sur le talus d'herbe

เธอนั่งข้างน้องสาวของเธอบนฝั่งหญ้า

Mais elle n'avait rien à faire

แต่เธอไม่มีอะไรทำ

Sa sœur lisait un livre

น้องสาวของเธอกำลังอ่านหนังสือ

une ou deux fois, Alice jeta un coup d'œil dans le livre

ครั้งหรือสองครั้งอลิซแอบมองเข้าไปในหนังสือ

Mais le livre ne contenait ni images ni conversations

แต่หนังสือเล่มนี้ไม่มีรูปภาพหรือบทสนทนาอยู่ในนั้น

« À quoi sert un livre sans images ? » pensa Alice

"หนังสือที่ไม่มีรูปภาพมีประโยชน์อะไร" อลิซคิด

« Pourquoi un livre n'aurait-il pas de conversations ? »

"ทำไมหนังสือถึงไม่มีการสนทนา"

Mais elle avait d'autres choses à considérer
แต่เธอมีเรื่องอื่นที่ต้องพิจารณา

« Faire une chaîne de marguerites serait un plaisir »
"การทำโซ่ดอกเดซี่คงเป็นเรื่องที่น่ายินดี"

« Mais cela vaut-il la peine de se lever et de cueillir les marguerites ?? »
"แต่มันคุ้มค่ากับความพยายามในการลุกขึ้นและเก็บดอกเดซี่หรือไม่?"

Ce n'était pas si facile d'y penser
นี่ไม่ใช่เรื่องง่ายที่จะคิด

parce que la journée la rendait somnolente et stupide
เพราะวันนั้นทำให้เธอรู้สึกง่วงนอนและโง่เขลา

Mais soudain, ses pensées s'interrompirent
แต่ทันใดนั้นความคิดของเธอก็ถูกขัดจังหวะ

un lapin blanc aux yeux roses courait près d'elle
กระต่ายขาวที่มีดวงตาสีชมพูวิ่งเข้ามาใกล้เธอ

Il n'y avait rien de trop remarquable chez le lapin

ไม่มีอะไรน่าทึ่งเกินไปเกี่ยวกับกระต่าย

et Alice ne trouvait pas non plus le lapin remarquable

และอลิซก็ไม่คิดว่ากระต่ายนั้นน่าทึ่งเช่นกัน

elle ne s'étonna pas non plus quand le Lapin parla

และมันก็ไม่ทำให้เธอแปลกใจเมื่อกระต่ายพูด

« Oh mon Dieu ! Je serai trop tard ! se dit-il

"โอ้ที่รัก! ฉันจะสายเกินไป!" เขาพูดกับตัวเอง

mais alors le Lapin a fait quelque chose que les lapins n'ont pas fait

แต่แล้วกระต่ายก็ทำสิ่งที่กระต่ายไม่ทำ

le Lapin tira une montre de la poche de son gilet

กระต่ายหยิบนาฬิกาออกจากกระเป๋าเสื้อกั๊ก

Il regarda l'heure puis se hâta

เขามองเวลาแล้วรีบไป

Alice se leva, stupéfaite

อลิซลุกขึ้นยืนด้วยความประหลาดใจ

Elle n'avait jamais vu un lapin avec un gilet auparavant !

เธอไม่เคยเห็นกระต่ายสวมเสื้อกั๊กมาก่อน!

elle n'avait jamais vu non plus de lapin avec une montre !

เธอไม่เคยเห็นกระต่ายที่มีนาฬิกา!

Alice brûlait d'une nouvelle curiosité

อลิซกำลังลุกโชนด้วยความอยากรู้อยากเห็นใหม่

et elle courut à travers le champ après le Lapin

และเธอก็วิ่งข้ามทุ่งตามกระต่าย

Elle était juste à temps pour voir le lapin disparaître

เธอทันเวลาที่จะเห็นกระต่ายหายไป

Le lapin sauta dans un grand terrier de lapin

กระต่ายกระโดดลงไปในโพรงกระต่ายขนาดใหญ่

Un instant plus tard, Alice s'est mise à courir après le lapin !
ในอีกชั่วขณะหนึ่งอลิซก็ล้มลงตามกระต่าย!

Le terrier du lapin continuait tout droit comme un tunnel
หลุมกระต่ายตรงไปราวกับอุโมงค์

Et le tunnel a continué à avancer sur une certaine distance
และอุโมงค์ก็ดำเนินต่อไปเป็นระยะทางหนึ่ง

Et puis le chemin s'est soudainement incliné
แล้วจู่ๆ ทางเดินก็ลดลง

Alice n'eut pas un instant pour songer à s'arrêter
อลิซไม่มีเวลาคิดที่จะหยุดตัวเอง

Elle s'est retrouvée à tomber et à tomber
เธอพบว่าตัวเองล้มลงและลงและลง

Il semblait qu'elle était tombée dans un puits très profond
ดูเหมือนว่าเธอตกลงไปในบ่อน้ำที่ลึกมาก

Ou le puits était très profond, ou bien elle tombait très lentement
ไม่ว่าจะเป็นบ่อน้ำลึกมากหรือเธอตกลงมาช้ามาก

parce qu'elle avait tout le temps de tomber
เพราะเธอมีเวลาเหลือเฟือที่จะล้ม

alors qu'elle tombait, elle pouvait regarder tout autour d'elle
ขณะที่เธอกำลังล้มลง เธอสามารถมองไปรอบ ๆ เธอได้

D'abord, elle a essayé de comprendre où elle allait
ขั้นแรกเธอพยายามหาว่าเธอกำลังจะไปที่ไหน

mais le puits était trop sombre pour voir quoi que ce soit
แต่บ่อน้ำมืดเกินกว่าจะมองเห็นอะไรเลย

Puis elle regarda les côtés du puits
จากนั้นเธอก็มองไปที่ด้านข้างของบ่อน้ำ

Et elle remarqua qu'il y avait des placards tout autour d'elle

และเธอสังเกตเห็นว่ามีตู้อยู่รอบตัวเธอ

et tout autour du puits il y avait des étagères de livres

และรอบๆ บ่อน้ำมีชั้นหนังสือ

Çà et là, elle voyait des cartes et des tableaux accrochés à des piquets

ที่นี่และที่นั่นเธอเห็นแผนที่และรูปภาพแขวนอยู่บนหมุด

En passant, elle prit un bocal sur l'une des étagères

เธอหยิบขวดโหลลงจากชั้นวางชั้นหนึ่งขณะที่เธอเดินผ่าน

Le pot a été étiqueté pour son contenu

โถถูกติดฉลากสำหรับเนื้อหา

« MARMELADE D'ORANGES »

"แยมผิวส้มทำจากส้ม"

Mais, à sa grande déception, le pot de marmelade était vide

แต่ด้วยความผิดหวังอย่างมากของเธอคือขวดแยมผิวส้มว่างเปล่า

Elle ne voulait pas laisser tomber le pot de marmelade vide

เธอไม่ต้องการทำขวดแยมผิวส้มเปล่าหล่น

et sa chute fut très lente

และการล้มของเธอช้ามาก

Elle a donc réussi à mettre le pot de marmelade dans l'un des placards

ดังนั้นเธอจึงจัดการใส่โถแยมผิวส้มลงในตู้ตู้หนึ่ง

Tombée, descendue, tombée !

ลง ลง ลง เธอล้มลง!

La chute prendrait-elle fin ?

การตกจะสิ้นสุดลงหรือไม่?

Il n'y avait rien d'autre à faire

ไม่มีอะไรให้ทำอีกแล้ว

alors Alice commença bientôt à se parler à elle-même

ในไม่ช้าอลิซก็เริ่มพูดกับตัวเอง

« Je vais beaucoup manquer à Dinah ce soir, je pense ! »

"คืนนี้ไดนาห์จะคิดถึงฉันมาก ฉันควรจะคิด!"

Dinah était le chat d'Alice

ไดนาห์เป็นแมวของอลิซ

« J'espère qu'ils se souviendront de sa soucoupe de lait à l'heure du thé »

"ฉันหวังว่าพวกเขาจะจำจานรองนมของเธอได้ในเวลาน้ำชา"

« Dinah, ma chère, je voudrais que tu sois ici avec moi ! »

"ไดนาห์ที่รัก ฉันหวังว่าคุณจะอยู่ที่นี่กับฉัน!"

Alice sentit qu'elle s'assoupissait

อลิซรู้สึกว่าเธอกำลังง่วงนอน

Et puis soudain, bruit sourd ! bourrade!

แล้วทันใดนั้น ก็กระแทก! กระแทก!

Elle tomba sur un tas de bâtons

เธอล้มลงบนกองไม้

et elle atterrit sur un tas de feuilles sèches

และเธอก็ลงจอดบนกองใบไม้แห้ง

et enfin la longue chute dans le trou était terminée

และในที่สุดการล้มลงหลุมก็จบลง

Alice n'était pas du tout blessée

อลิซไม่ได้รับบาดเจ็บแม้แต่น้อย

Et elle se leva d'un bond au bout d'un instant

และเธอก็กระโดดขึ้นภายในชั่วขณะ

Elle leva les yeux, mais il faisait noir au-dessus de sa tête

เธอเงยหน้าขึ้น แต่เหนือศีรษะมืดไปหมด

Devant elle se trouvait un autre long couloir

ตรงหน้าเธอเป็นทางเดินยาวอีกทางหนึ่ง

et le Lapin Blanc était toujours en vue
และกระต่ายขาวก็ยังอยู่ในสายตา

Il se hâtait dans le couloir
เขากำลังรีบวิ่งไปตามทางเดิน

Il n'y avait pas un instant à perdre
ไม่มีช่วงเวลาใดที่จะเสียไป

Alice s'enfuit comme le vent
อลิซวิ่งเหมือนสายลม

Au coin de la rue, le lapin s'est retourné
รอบหัวมุมหันกระต่าย

Elle était juste à temps pour entendre le lapin
เธอทันเวลาที่จะได้ยินกระต่าย

« "Oh, mes oreilles et mes moustaches »
""โอ้ หูและหนวดของฉัน"

« Comme il est tard ! »
"มันดึกแค่ไหน!"

Elle était tout près derrière le lapin
เธออยู่ข้างหลังกระต่าย

Elle tourna au détour d'un autre coin
เธอหันไปอีกมุมหนึ่ง

mais le Lapin n'était plus visible
แต่กระต่ายไม่ปรากฏให้เห็นอีกต่อไป

Elle se retrouva dans une longue salle basse
เธอพบว่าตัวเองอยู่ในห้องโถงที่ยาวและเตี้ย

La salle était éclairée par une rangée de plafonniers
ห้องโถงสว่างไสวด้วยโคมไฟเพดานแถวหนึ่ง

Il y avait des portes tout autour de la salle
มีประตูอยู่รอบห้องโถง

mais toutes les portes étaient fermées à clé

แต่ประตูทั้งหมดถูกล็อค

Elle marcha tout le long d'un côté de la salle

เธอเดินไปจนสุดทางด้านหนึ่งของห้องโถง

et elle avait fait tout le chemin de l'autre côté de la salle

และเธอก็เดินไปอีกด้านหนึ่งของห้องโถง

Elle avait essayé toutes les portes

เธอได้ลองทุกประตู

et elle marchait tristement au milieu de la salle

และเธอเดินไปกลางห้องโถงอย่างเศร้าโศก

« Comment vais-je jamais en sortir ? »

"ฉันจะออกไปอีกได้อย่างไร"

Tout à coup, elle tomba sur une petite table

ทันใดนั้นเธอก็มาเจอโต๊ะเล็กๆ

La table était entièrement en verre massif

โต๊ะทำจากกระจกทึบทั้งหมด

Il n'y avait rien sur la table à part une petite clé dorée

ไม่มีอะไรบนโต๊ะนอกจากกุญแจทองคำเล็กๆ

La clé pourrait appartenir à l'une des portes !

กุญแจอาจเป็นของประตูบานใดบานหนึ่ง!

Mais, hélas ! Certaines serrures étaient trop grandes pour les clés

แต่อนิจจา! ล็อคบางตัวใหญ่เกินไปสำหรับกุญแจ

et pour les autres serrures, la clé était trop petite

และสำหรับล็อคอื่น ๆ กุญแจก็เล็กเกินไป

mais, en tout cas, la clef n'ouvrit aucune des portes

แต่ไม่ว่าในกรณีใด กุญแจก็ไม่ได้เปิดประตูใด ๆ

Mais que devait-elle faire ?

แต่เธอจะทำอย่างไร?

Elle traversa de nouveau le couloir

เธอเดินผ่านห้องโถงอีกครั้ง

et cette fois, elle remarqua un rideau bas

และคราวนี้เธอสังเกตเห็นม่านเตี้ย

Derrière le rideau se trouvait une petite porte

หลังม่านมีประตูเล็กๆ

La porte avait une quinzaine de pouces de haut

ประตูสูงประมาณสิบห้านิ้ว

Elle essaya la petite clé dorée dans la serrure

เธอลองใช้กุญแจทองคำตัวเล็ก ๆ ในล็อค

Et à sa grande joie, la clé s'est glissée dans la serrure !

และเพื่อความสุขของเธออย่างยิ่งกุญแจพอดีกับล็อค!

Alice ouvrit la porte

อลิซเปิดประตู

et elle trouva la porte qui donnait sur un petit couloir

และเธอพบว่าประตูนำไปสู่ทางเดินเล็กๆ

Le couloir n'était pas beaucoup plus grand qu'un trou à rats

ทางเดินไม่ใหญ่กว่ารูหนูมากนัก

Elle s'agenouilla et regarda le long du couloir

เธอคุกเข่าลงและมองไปตามทางเดิน

et elle a vu le plus beau jardin que vous ayez jamais vu

และเธอได้เห็นสวนที่น่ารักที่สุดที่คุณเคยเห็นมา

comme elle avait envie de sortir de cette salle sombre

เธอปรารถนาที่จะออกจากห้องโถงที่มืดมิดนั้นแค่ไหน

comme elle voulait se promener parmi ces fleurs lumineuses

เธอต้องการเดินไปท่ามกลางดอกไม้ที่สดใสเหล่านั้นอย่างไร

Comme ces fontaines avaient l'air cool et rafraîchissantes

น้ำพุเหล่านั้นดูสดชื่นแค่ไหน

Mais elle ne pouvait même pas passer la tête par la porte

แต่เธอไม่สามารถแม้แต่จะสอดศีรษะของเธอผ่านทางเข้าประตู

— Oh ! dit Alice d'un ton lugubre

"โอ้" อลิซพูดด้วยความเศร้าโศก

comme je voudrais pouvoir me plier comme un télescope !

"ฉันหวังว่าฉันจะพับได้เหมือนกล้องโทรทรรศน์!"

« Je pense que je pourrais me plier comme un télescope »

"ฉันคิดว่าฉันสามารถพับได้เหมือนกล้องโทรทรรศน์"

« Si seulement je savais par où commencer »

"ถ้าฉันรู้วิธีเริ่มต้น"

Alice retourna à la table

อลิซกลับไปที่โต๊ะ

Il y avait la chance de trouver une autre clé

มีโอกาสที่จะพบกุญแจอื่น

Ou il pourrait y avoir un livre de règles

หรืออาจมีหนังสือกฎ

Le livre pourrait lui apprendre à se plier comme un télescope

หนังสือเล่มนี้สามารถบอกเธอถึงวิธีพับเหมือนกล้องโทรทรรศน์

Cette fois, elle trouva une petite bouteille

คราวนี้เธอพบขวดเล็ก ๆ

« cette bouteille n'était certainement pas là auparavant, » dit Alice

"ขวดนี้ไม่เคยอยู่ที่นี่มาก่อนแน่นอน" อลิซกล่าว

et autour du goulot de la bouteille était attachée une étiquette en papier

และผูกไว้ที่คอขวดเป็นฉลากกระดาษ

L'étiquette était magnifiquement imprimée en grandes lettres

ฉลากถูกพิมพ์อย่างสวยงามด้วยตัวอักษรขนาดใหญ่

« BOIS-MOI »

"ดื่มฉัน"

« Non, je vais regarder d'abord », a-t-elle dit

"ไม่ ฉันจะดูก่อน" เธอกล่าว

« Je vais voir si la bouteille est marquée comme toxique ou non, »

"ฉันจะดูว่าขวดนั้นมีพิษหรือไม่"

Parce qu'elle n'a jamais oublié la leçon sur le poison

เพราะเธอไม่เคยลืมบทเรียนเกี่ยวกับยาพิษ

« Si une bouteille est étiquetée comme toxique, elle est forcément en désaccord avec vous »

"ถ้าขวดมีป้ายกำกับว่าเป็นพิษ มันจะต้องไม่เห็นด้วยกับคุณ"

Cependant, cette bouteille n'a pas été marquée comme toxique

อย่างไรก็ตาม ขวดนี้ไม่ได้ทำเครื่องหมายว่าเป็นพิษ

alors Alice se hasarda à goûter le contenu de la bouteille

อลิซจึงเสี่ยงที่จะลิ้มรสเนื้อหาในขวด

Elle trouva le liquide tout à fait à son goût

เธอพบว่าของเหลวค่อนข้างถูกใจเธอ

La boisson avait une sorte de saveur mélangée

เครื่องดื่มมีรสชาติผสม

tarte aux cerises, crème pâtissière et ananas

เชอร์รี่ทาร์ต คัสตาร์ด และสับปะรด

Rôtir la dinde, le caramel et le pain grillé au beurre chaud

ไก่งวงย่าง ทอฟฟี่ และขนมปังปิ้งกับเนยร้อน

et elle finit bientôt la bouteille

และในไม่ช้าเธอก็ดื่มขวดเสร็จ

« Quelle curieuse sensation ! » dit Alice

"ช่างเป็นความรู้สึกที่แปลกประหลาด!" อลิซกล่าว

« Je me plie comme un télescope ! »

"ฉันกำลังพับเหมือนกล้องโทรทรรศน์!"

Et elle se repliait comme un télescope !

และเธอก็พับขึ้นเหมือนกล้องโทรทรรศน์จริงๆ!

Elle n'avait plus que dix pouces de haut

ตอนนี้เธอสูงเพียงสิบนิ้ว

et son visage s'éclaira à ses pensées

และใบหน้าของเธอก็สดใสขึ้นเมื่อคิด

Maintenant, elle était de la bonne taille pour la petite porte

ตอนนี้เธอมีขนาดที่เหมาะสมกับประตูเล็ก ๆ

Maintenant, elle pouvait aller dans ce joli jardin

ตอนนี้เธอสามารถเข้าไปในสวนที่สวยงามนั้นได้

Bientôt, elle a cessé de devenir plus petite

ในไม่ช้าเธอก็หยุดตัวเล็กลง

Elle décida d'aller tout de suite dans le jardin

เธอตัดสินใจเข้าไปในสวนทันที

mais, hélas pour la pauvre Alice !

แต่อนิจจาสำหรับอลิซที่น่าสงสาร!

Elle arriva à la porte

เธอไปถึงประตู

Mais elle avait oublié la petite clé d'or

แต่เธอลืมกุญแจทองคำตัวเล็ก ๆ

Elle retourna à la table pour prendre la clé

เธอกลับไปที่โต๊ะเพื่อหากุญแจ

Mais elle s'aperçut qu'elle ne pouvait pas atteindre assez haut

แต่เธอพบว่าเธอไม่สามารถไปถึงสูงพอ

Elle pouvait voir la clé très distinctement à travers la vitre

เธอสามารถมองเห็นกุญแจได้ชัดเจนผ่านกระจก

Elle essaya de grimper sur les pieds de la table

เธอพยายามปีนขาโต๊ะ

Mais le verre était beaucoup trop glissant

แต่กระจกลื่นเกินไป

Finalement, elle s'est fatiguée à essayer

ในที่สุดเธอก็เหนื่อยล้ากับการพยายาม

et la pauvre petite fille s'assit et pleura

และเด็กหญิงตัวเล็ก ๆ ที่น่าสงสารก็นั่งลงและร้องไห้

Alice se parlait à elle-même assez vivement

อลิซพูดกับตัวเองค่อนข้างเฉียบแหลม

« Allons, ça ne sert à rien de pleurer comme ça ! »

"มาเถอะ ไม่มีประโยชน์ที่จะร้องไห้แบบนั้น!"

« Je vous conseille d'arrêter tout de suite ! »

"ฉันแนะนำให้คุณหยุดในนาทีนี้!"

Elle se donnait généralement de très bons conseils

โดยทั่วไปเธอให้คำแนะนำที่ดีมากแก่ตัวเอง

bien qu'elle suivît très rarement ses propres conseils
แม้ว่าเธอจะไม่ค่อยทำตามคำแนะนำของเธอเอง

Et elle était parfois trop dure envers elle-même
และบางครั้งเธอก็รุนแรงกับตัวเองเกินไป

et ses paroles lui firent monter les larmes aux yeux
และคำพูดของเธอทำให้น้ำตาไหล

Bientôt, son regard tomba sur une petite boîte en verre
ไม่นานสายตาของเธอก็ตกลงไปที่กล่องแก้วเล็กๆ

La petite boîte de verre était posée sous la table
กล่องแก้วเล็ก ๆ วางอยู่ใต้โต๊ะ

Dans la boîte en verre se trouvait un tout petit gâteau
ในกล่องแก้วมีเค้กชิ้นเล็กมาก

Sur le gâteau, quelques mots étaient magnifiquement écrits
บนเค้กบางคำเขียนได้อย่างสวยงาม

les mots avaient été marqués dans des groseilles
คำถูกทำเครื่องหมายด้วยลูกเกด

« MANGE-MOI »
"กินฉัน"

« Eh bien, je vais manger le gâteau », dit Alice
"เอาล่ะ ฉันจะกินเค้ก" อลิซกล่าว

« et si le gâteau me fait grossir, je peux atteindre la clé »
"และถ้าเค้กทำให้ฉันโตขึ้น ฉันก็สามารถเข้าถึงกุญแจได้"

« et si le gâteau me fait rapetisser, je peux me glisser sous la
porte »
"และถ้าเค้กทำให้ฉันเล็กลง

ฉันก็สามารถคืบคลานเข้าไปใต้ประตูได้"

« Donc, de toute façon, j'irai dans le jardin »
"ไม่ว่าจะด้วยวิธีใดฉันจะเข้าไปในสวน"

« Et peu m'importe lequel des deux arrive ! »

"และฉันไม่สนใจว่าอันไหนในสองเหตุการณ์จะเกิดขึ้น!"

Elle a mangé un peu du gâteau

เธอกินเค้กเล็กน้อย

et elle se parla anxieusement à elle-même :

และเธอพูดกับตัวเองอย่างกังวล:

« Dans quel sens ? Dans quel sens ?

"ไปทางไหน? ไปทางไหน?"

et elle posa la main sur sa tête

และเธอก็เอามือของเธอไว้บนศีรษะของเธอ

Elle voulait sentir de quelle façon elle grandissait

เธอต้องการรู้สึกว่าเธอกำลังเติบโตไปทางไหน

Elle fut très surprise de découvrir ce qui s'était passé

เธอค่อนข้างประหลาดใจที่พบสิ่งที่เกิดขึ้น

Elle était restée de la même taille !

เธอยังคงมีขนาดเท่าเดิม!

Cette fois, elle redoubla donc d'efforts

ดังนั้นคราวนี้เธอจึงพยายามเป็นสองเท่า

Et bientôt, elle termina tout le gâteau

และในไม่ช้าเธอก็ทำเค้กทั้งชิ้น

La mare de larmes

สระน้ำตา

« Cela devient de plus en plus intéressant ! » s'écria Alice

"นี่น่าสนใจมากขึ้นเรื่อย ๆ !" อลิซร้อง

Vous pouvez voir qu'elle était très surprise

คุณจะเห็นได้ว่าเธอประหลาดใจมาก

« Je m'ouvre comme le plus grand télescope qui ait jamais existé ! »

"ฉันกำลังเปิดออกเหมือนกล้องโทรทรรศน์ที่ใหญ่ที่สุดเท่าที่เคยมี

มา!"

« Au revoir, les pieds ! Oh, mes pauvres petits pieds"

"ลาก่อนเท้า! โอ้ เท้าเล็ก ๆ ที่น่าสงสารของฉัน"

« Je me demande qui va vous mettre vos chaussures maintenant, mes chères ? »

"ฉันสงสัยว่าใครจะใส่รองเท้าให้คุณตอนนี้ที่รัก"

et je me demande qui mettra vos bas ?

"และฉันสงสัยว่าใครจะใส่ถุงน่องของคุณ?"

« Je serai beaucoup trop loin »

"ฉันจะอยู่ไกลเกินไป"

« Je ne pourrai plus me soucier de toi »

"ฉันจะไม่สามารถรบกวนตัวเองเกี่ยวกับคุณได้อีกต่อไป"

Juste à ce moment, sa tête heurta quelque chose

ในขณะนั้นศีรษะของเธอกระแทกกับบางสิ่งบางอย่าง

Elle avait atteint le toit de la salle

เธอไปถึงหลังคาห้องโถงแล้ว

En fait, elle mesurait maintenant plus de deux mètres

ในความเป็นจริงตอนนี้เธอสูงมากกว่าสองเมตร

et elle prit aussitôt la petite clef d'or

และเธอก็หยิบกุญแจทองคำเล็ก ๆ ขึ้นมาทันที

et elle se précipita vers la porte du jardin

และเธอรีบไปที่ประตูสวน

Pauvre Alice ! Il n'y avait pas grand-chose qu'elle pouvait faire

อลิซผู้น่าสงสาร! เธอทำอะไรไม่ได้มากนัก

Elle s'allongea sur le côté

เธอนอนอยู่ด้านหนึ่ง

et elle regarda d'un œil dans le jardin

และเธอมองเข้าไปในสวนด้วยตาข้างเดียว

Mais s'en sortir était plus désespéré que jamais

แต่การผ่านไปได้นั้นสิ้นหวังกว่าที่เคย

Elle s'est assise et a recommencé à pleurer

เธอนั่งลงและเริ่มร้องไห้อีกครั้ง

Elle a continué à verser des litres de larmes

เธอยังคงหลั่งน้ำตาหลายแกลลอน

Bientôt, il y eut une grande flaque tout autour d'elle

ในไม่ช้าก็มีสระน้ำขนาดใหญ่รอบตัวเธอ

et l'eau atteignait la moitié du couloir

และน้ำก็มาถึงครึ่งทางของห้องโถง

Au bout d'un moment, elle entendit un petit claquement de pieds

หลังจากนั้นไม่นานเธอก็ได้ยินเสียงเท้ากระทบเล็กน้อย

Elle entendit les pas venir de loin

เธอได้ยินเสียงเท้ามาจากระยะไกล

et elle s'essuya vivement les yeux pour voir ce qui allait arriver

และเธอรีบเช็ดตาให้แห้งเพื่อดูว่าจะเกิดอะไรขึ้น

C'était le retour du Lapin Blanc

มันคือกระต่ายขาวที่กลับมา

Il était magnifiquement vêtu

เขาแต่งตัวสวยงาม

Il avait une paire de gants blancs dans une main

เขามีถุงมือสีขาวในมือข้างหนึ่ง

et il avait un grand éventail de plumes dans l'autre main

และเขามีพัดขนนกขนาดใหญ่อยู่ในมืออีกข้างหนึ่ง

Il arriva en trottinant en toute hâte

เขาวิ่งเหยาะๆ ไปด้วยความรีบร้อน

et il murmura en lui-même : « Oh ! la duchesse, la duchesse !

และเขาพึมพำกับตัวเองว่า "โอ้! ดัชเชส ดัชเชส!"

« Ah ! ne serait-elle pas sauvage si je l'ai fait attendre !

"โอ้! เธอจะไม่ป่าเถื่อนหรอกถ้าฉันปล่อยให้เธอรอ!"

Quand le Lapin s'approcha d'elle, Alice prit la parole
เมื่อกระต่ายเข้ามาใกล้เธอ อลิซก็พูด

Mais elle parlait d'une voix basse et timide
แต่เธอพูดด้วยน้ำเสียงต่ำและขี้อาย

« Monsieur, s'il vous plaît, arrêtez ce que vous faites un
instant »
"ท่าน โปรดหยุดสิ่งที่คุณกำลังทำอยู่สักครู่"

Le Lapin sursauta violemment
กระต่ายตกใจอย่างรุนแรง

Il laissa tomber les gants blancs et l'éventail de plumes
เขาทำถุงมือขาวและพัดขนนกหล่น

et il s'enfuit dans les ténèbres aussi vite qu'il le put
และเขาก็รีบหนีเข้าไปในความมืดให้เร็วที่สุดเท่าที่จะทำได้

Alice ramassa l'éventail en plumes et les gants
อลิซหยิบพัดขนนกและถุงมือขึ้น

Et elle n'arrêtait pas de s'éventer tout en parlant
และเธอก็พัดตัวเองในขณะที่เธอพูดต่อไป

« Cher, cher ! Comme tout est étrange aujourd'hui !
"ที่รักที่รัก! วันนี้ทุกอย่างแปลกแค่ไหน!"

« Hier, les choses se sont passées comme d'habitude »
"เมื่อวานสิ่งต่าง ๆ ดำเนินไปตามปกติ"

« Étais-je le même quand je me suis levé ce matin ? »
"ฉันเหมือนเดิมหรือเปล่าเมื่อฉันตื่นเช้านี้"

« Mais si je ne suis pas le même, il y a une autre question »
"แต่ถ้าฉันไม่เหมือนเดิม ก็มีคำถามอื่น"

« Qui suis-je ? »
"ฉันเป็นใครในโลกนี้"

« Ah, c'est le grand casse-tête ! »

"อ่า นั่นคือปริศนาที่ยิ่งใหญ่!"

En disant cela, elle baissa les yeux sur ses mains

ขณะที่เธอพูดเช่นนี้ เธอก็ก้มลงมองมือของเธอ

Elle portait l'un des petits gants blancs du lapin

เธอสวมถุงมือสีขาวกระต่ายตัวเล็ก ๆ

Elle n'avait pas remarqué qu'elle avait mis le gant en parlant

เธอไม่ได้สังเกตว่าเธอสวมถุงมือขณะพูด

« Comment ai-je pu faire cela ? » a-t-elle pensé

"ฉันจะทำอย่างนั้นได้อย่างไร" เธอคิด

« Je dois redevenir petit »

"ฉันต้องตัวเล็กขึ้นอีกแล้ว"

Elle se leva et s'approcha de la table pour mesurer sa taille

เธอลุกขึ้นและไปที่โต๊ะเพื่อวัดความสูงของเธอ

Elle a découvert qu'elle mesurait maintenant environ un demi-mètre

เธอพบว่าตอนนี้เธอสูงประมาณครึ่งเมตร

et elle rétrécissait encore rapidement

และเธอยังคงหดตัวอย่างรวดเร็ว

Elle découvrit rapidement quelle était la cause de ce rétrécissement

ในไม่ช้าเธอก็พบว่าสาเหตุของการหดตัวคืออะไร

L'éventail de plumes la rendait encore plus petite !

พัดขนนกทำให้เธอเล็กลงอีกครั้ง!

et elle laissa tomber l'éventail de plumes à la hâte

และเธอก็ทำพัดขนนกหล่นอย่างรีบร้อน

Elle laissa tomber l'éventail de plumes juste à temps pour se sauver

เธอทำพัดขนนกหล่นทันเวลาเพื่อช่วยตัวเอง

Si elle s'était éventée plus longtemps, elle se serait

complètement retirée

ถ้าเธอพัดตัวเองอีกต่อไปเธอคงหดตัวไปโดยสิ้นเชิง

« C'était une échappatoire de justesse ! » dit Alice

"นั่นเป็นการหลบหนีอย่างหวุดหวิด!" อลิซกล่าว

et elle fut bien effrayée de ce changement soudain

และเธอก็หวาดกลัวมากกับการเปลี่ยนแปลงอย่างกะทันหัน

mais elle était très heureuse de se trouver encore en
existence

แต่เธอดีใจมากที่พบว่าตัวเองยังคงมีอยู่

« Et maintenant, en route pour le jardin ! »

"และตอนนี้ ไปที่สวน!"

Et elle courut à toute vitesse vers la petite porte

และเธอก็วิ่งกลับไปที่ประตูเล็ก ๆ ด้วยความเร็วทั้งหมด

Mais, hélas ! La petite porte fut refermée

แต่อนิจจา! ประตูเล็ก ๆ ถูกปิดอีกครั้ง

et la petite clé d'or était de nouveau posée sur la table de
verre

และกุญแจทองคำตัวเล็ก ๆ ก็วางอยู่บนโต๊ะกระจกอีกครั้ง

« Les choses sont pires que jamais », pensa le pauvre enfant

"สิ่งต่าง ๆ เลวร้ายกว่าที่เคย" เด็กที่น่าสงสารคิด

« Je n'ai jamais été aussi petit que ça auparavant, jamais ! »

"ฉันไม่เคยตัวเล็กขนาดนี้มาก่อน ไม่เคย!"

En prononçant ces mots, son pied glissa

ขณะที่เธอพูดคำเหล่านี้ เท้าของเธอก็ลื่นไถล

et un instant plus tard, il y eut une grande éclaboussure !

และในอีกชั่วขณะหนึ่งก็มีน้ำกระเด็นอย่างมาก!

Elle était dans l'eau salée jusqu'au menton

เธออยู่ในน้ำเค็มถึงคาง

Sa première idée fut qu'elle était tombée d'une manière ou

d'une autre dans la mer

ความคิดแรกของเธอคือเธอตกลงไปในทะเล

Cependant, elle s'est vite rendu compte dans quoi elle se trouvait

อย่างไรก็ตาม ในไม่ช้าเธอก็ตระหนักว่าเธออยู่ในอะไร

Elle était dans une mare de larmes

เธออยู่ในแอ่งน้ำตา

les larmes qu'elle avait versées quand elle avait deux mètres de haut

น้ำตาที่เธอร้องไห้เมื่อเธอสูงสองเมตร

Juste à ce moment-là, elle entendit quelque chose

ทันใดนั้นเธอก็ได้ยินอะไรบางอย่าง

Quelque chose barbotait dans la mare

มีบางอย่างกระเด็นไปมาในสระ

Les éclaboussures venaient d'un peu de loin

การกระเด็นมาจากระยะไกลเล็กน้อย

et elle nagea plus près pour voir ce que c'était que les éclaboussures

และเธอก็ว่ายน้ำเข้าไปใกล้เพื่อดูว่าน้ำกระเด็นคืออะไร

Elle vit bientôt que ce n'était qu'une petite souris

ในไม่ช้าเธอก็เห็นว่ามันเป็นเพียงหนูตัวน้อย

La petite souris s'était également glissée dans l'eau

หนูน้อยก็ลื่นไถลลงไปในน้ำด้วย

Alice réfléchit à la situation

อลิซคิดในใจเกี่ยวกับสถานการณ์

« Serait-il utile de parler à cette souris ? »

"มันจะมีประโยชน์ไหมที่จะพูดกับหนูตัวนี้"

« Tout est tellement à l'envers ici »

"ทุกอย่างคว่ำลงที่นี่"

« Je pense que c'est très probable que cette souris peut parler »

"ฉันควรคิดว่าหนูตัวนี้พูดได้"

« En tout cas, il n'y a pas de mal à essayer »

"ไม่ว่าในกรณีใด การพยายามก็ไม่เป็นอันตราย"

Alors elle a commencé à essayer de parler à la souris

ดังนั้นเธอจึงเริ่มพยายามพูดคุยกับหนู

« Oh Souris, sais-tu comment sortir de cette mare ? »

"โอ้เมาส์ คุณรู้ทางออกจากสระน้ำนี้ไหม"

« Je suis bien fatigué de nager ici, ô souris ! »

"ฉันเหนื่อยมากกับการว่ายน้ำที่นี่ โอ้เมาส์!"

La souris la regarda d'un air assez inquisiteur

หนูมองเธอค่อนข้างอยากรู้อยากเห็น

La souris semblait cligner de l'œil avec l'un de ses petits yeux

หนูดูเหมือนจะขยิบตาด้วยตาเล็ก ๆ ข้างหนึ่งของมัน

Mais la petite souris ne dit rien
แต่หนูน้อยไม่พูดอะไร

« Peut-être la souris ne comprend-elle pas l'anglais », pensa Alice
"บางทีหนูอาจไม่เข้าใจภาษาอังกฤษ" อลิซคิด

« J'ose dis-le que c'est une souris française »
"ฉันกล้าพูดว่ามันเป็นหนูฝรั่งเศส"

« peut-être que cette souris est venue avec Guillaume le Conquérant »
"บางทีหนูตัวนี้อาจจะมากับวิลเลียมผู้พิชิต"

Alors elle a recommencé, en français
ดังนั้นเธอจึงเริ่มอีกครั้งเป็นภาษาฝรั่งเศส

« Où est mon chat ? » a-t-elle demandé en français
"แมวของฉันอยู่ที่ไหน" เธอถามเป็นภาษาฝรั่งเศส

c'était la première phrase de son livre de leçons de français
มันเป็นประโยคแรกในหนังสือบทเรียนภาษาฝรั่งเศสของเธอ

La souris fit un saut soudain hors de l'eau
หนูกระโดดขึ้นจากน้ำอย่างกะทันหัน

et la souris semblait frémir de frayeur
และเมาส์ดูเหมือนจะสั่นสะเทือนด้วยความหวาดกลัว

— Oh ! je vous demande pardon ! s'écria vivement Alice
"โอ้ ฉันขออภัย!" อลิซร้องอย่างรีบร้อน

Elle craignait d'avoir blessé les sentiments du pauvre animal
เธอกลัวว่าเธอจะทำร้ายความรู้สึกของสัตว์ที่น่าสงสาร

« J'oubliais que tu n'aimais pas les chats »
"ฉันลืมไปแล้วว่าคุณไม่ชอบแมว"

« Je n'aime pas les chats ! » cria la Souris d'une voix aiguë et passionnée
"ฉันไม่ชอบแมว!" หนูร้องด้วยน้ำเสียงแหลมและเร่าร้อน

« Voudrais-tu des chats, si tu étais moi ? »

"คุณอยากได้แมวไหมถ้าคุณเป็นฉัน"

Alice réconforta la souris d'un ton apaisant

อลิซปลอบโยนเมาส์ด้วยน้ำเสียงที่ผ่อนคลาย

« Eh bien, peut-être que je n'aimerais pas non plus les chats
si j'étais vous »

"บางทีฉันอาจจะไม่ชอบแมวถ้าฉันเป็นคุณเช่นกัน"

« S'il vous plaît, ne soyez pas en colère à propos de la
mention des chats »

"โปรดอย่าโกรธเกี่ยวกับการกล่าวถึงแมว"

« Et pourtant, j'aimerais pouvoir te montrer notre chat
Dinah »

"แต่ฉันก็หวังว่าฉันจะได้แสดงให้คุณเห็นแมวของเราดีนาห์"

« Si vous la rencontriez, je pense que vous prendriez goût
aux chats »

"ถ้าคุณพบเธอ ฉันคิดว่าคุณจะชอบแมว"

« Si seulement vous pouviez la voir »

"ถ้าคุณเห็นเธอ"

« Elle est une chose si chère et si calme »

"เธอเป็นคนที่รักและเงียบสงบ"

La souris tremblait de partout

หนูตัวสั่นไปทั่ว

Alice était certaine que la souris devait être vraiment
offensée

อลิซรู้สึกแน่ใจว่าหนูต้องขุ่นเคืองจริงๆ

« On ne parlera plus d'elle, si tu préfères ne pas le faire »

"เราจะไม่พูดถึงเธออีกต่อไป ถ้าคุณไม่ต้องการ"

« Nous, en effet ! » s'écria la Souris

"เราแน่นอน!" หนูร้อง

La souris tremblait jusqu'au bout de sa queue

หนูตัวสั่นจนสุดหาง

« Comme si je voulais parler d'un tel sujet ! »
"ราวกับว่าฉันจะพูดในเรื่องแบบนี้!"

« Notre famille a toujours détesté les chats »
"ครอบครัวเราเกลียดแมวเสมอ"

"Les chats ; des choses méchantes, basses, vulgaires !
"แมว; สิ่งที่น่ารังเกียจ ต่ำต้อย และหยาบคาย!"

« Ne me laissez plus entendre le nom ! »
"อย่าให้ฉันได้ยินชื่ออีก!"

— Je ne parlerai plus des chats, en effet, dit Alice
"ฉันจะไม่พูดถึงแมวอีกจริงๆ!" อลิซกล่าว

Elle était très pressée de changer de sujet
เธอรีบเปลี่ยนเรื่องมาก

"Êtes-vous... Aimez-vous les chiens ?
"คุณ... คุณชอบสุนัขไหม"

« Il y a un petit chien si gentil près de notre maison, »
"มีสุนัขตัวน้อยที่น่ารักอยู่ใกล้บ้านของเรา"

« Je voudrais te montrer le petit chien ! »
"ฉันอยากจะพาคุณดูสุนัขตัวน้อย!"

"Ce petit chien tue tous les rats et...
"สุนัขตัวน้อยตัวนี้ฆ่าหนูทั้งหมดและ...

« Oh ! mon Dieu ! » s'écria Alice d'un ton triste
"โอ้ ที่รัก!" อลิซร้องด้วยน้ำเสียงเศร้าโศก

« J'ai peur de t'avoir encore offensé ! »
"ฉันเกรงว่าฉันจะทำให้คุณขุ่นเคืองอีกแล้ว!"

La souris nageait loin d'elle aussi vite qu'elle le pouvait
หนูกำลังว่ายน้ำห่างจากเธอให้เร็วที่สุดเท่าที่จะทำได้

et la souris fit tout un vacarme dans la mare

และหนูก็สร้างความวุ่นวายในสระ

Alors elle appela doucement la souris

ดังนั้นเธอจึงเรียกเบา ๆ ตามหนู

« Ma chère souris, s'il vous plaît, revenez ! »

"หนูที่รักของฉัน โปรดกลับมา!"

« Et nous ne parlerons pas des chats »

"และเราจะไม่พูดถึงแมว"

« Et nous n'avons pas non plus besoin de parler des chiens »

"และเราก็ไม่ต้องพูดถึงสุนัขด้วย"

Quand la souris entendit cela, elle se retourna

เมื่อเมาส์ได้ยินเช่นนี้ มันก็หันกลับมา

et la petite souris nagea lentement vers elle

และหนูน้อยก็ค่อยๆ ว่ายน้ำกลับมาหาเธอ

Le visage de la souris était assez pâle

ใบหน้าของหนูค่อนข้างซีด

et la souris parla d'une voix basse et tremblante

และหนูก็พูดด้วยเสียงต่ำและสั่นสะเทือน

« Allons à la rive »

"เราไปฝั่งกันเถอะ"

« et ensuite je vous raconterai mon histoire »

"แล้วฉันจะเล่าประวัติของฉันให้คุณฟัง"

« et vous comprendrez pourquoi c'est moi qui déteste les chats et les chiens »

"และคุณจะเข้าใจว่าทำไมฉันถึงเกลียดแมวและสุนัข"

Il était grand temps de partir

ถึงเวลาแล้วที่จะไป

parce que la piscine devenait assez bondée

เพราะสระว่ายน้ำค่อนข้างแออัด

D'autres oiseaux et animaux étaient tombés dans la mare

นกและสัตว์อื่น ๆ ตกลงไปในสระ

il y avait un Canard et un Dodo

มีเป็ดและโดโด

et il y avait un oiseau Lory et un aiglon

และมีนกลอรี่และนกอินทรี

et il y avait plusieurs autres créatures intéressantes

และมีสิ่งมีชีวิตที่ดูน่าสนใจอีกหลายตัว

Alice a ouvert la voie à la sortie de la piscine

อลิซนำทางออกจากสระ

et toute la troupe des animaux nagea jusqu'au rivage

และสัตว์ทั้งกลุ่มก็ว่ายน้ำไปที่ชายฝั่ง

Une course de caucus et une longue traîne

การแข่งขันคอคัสและหางยาว

C'était en effet une bande d'animaux à l'allure amusante

พวกมันเป็นกลุ่มสัตว์ที่ดูตลกจริงๆ

et ils se rassemblèrent tous sur le bord de l'eau

และพวกเขาทั้งหมดก็รวมตัวกันที่ริมฝั่งน้ำ

Les oiseaux avaient tous des plumes débraillées

นกทั้งหมดมีขนนกที่ลาก

et les animaux à fourrure étaient trempés

และสัตว์ขนยาวก็เปียกโชก

et tous étaient trempés, agacés et mal à l'aise

และทุกคนก็เปียก รำคาญ และอึดอัด

Il y avait une question à laquelle il fallait répondre en premier

มีคำถามหนึ่งที่ต้องตอบก่อน

Quelle est la meilleure façon pour tout le monde de se

sécher ?

วิธีที่ดีที่สุดสำหรับทุกคนในการทำให้แห้งคืออะไร?

Ils ont tenu une consultation à ce sujet

พวกเขาได้ปรึกษาหารือเกี่ยวกับเรื่องนี้

Bientôt, ils furent tous en bons termes

ในไม่ช้าพวกเขาก็คุ้นเคยกัน

C'était comme si elle les avait connus toute sa vie

ราวกับว่าเธอรู้จักพวกเขามาตลอดชีวิต

La souris semblait être une personne d'une certaine autorité

หนูดูเหมือนจะเป็นคนที่มีอำนาจบางอย่าง

« Asseyez-vous, vous tous, et écoutez-moi !

"นั่งลง พวกคุณทุกคน และฟังฉัน!

« Je vais bientôt vous faire sécher à nouveau ! »

"อีกไม่นานฉันจะทำให้พวกคุณแห้งอีกครั้ง!"

Ils s'assirent tous en même temps, dans un grand cercle

พวกเขาทั้งหมดนั่งลงพร้อมกันในวงแหวนขนาดใหญ่

et la petite souris s'assit au milieu

และหนูน้อยนั่งอยู่ตรงกลาง

« Hum ! » dit la souris d'un air important

"อืม!" หนูพูดด้วยอากาศที่สำคัญ

« Êtes-vous tous prêts ? »

"พวกคุณพร้อมหรือยัง?"

« C'est la chose la plus sèche que je connaisse »

"นี่คือสิ่งที่แห้งที่สุดที่ฉันรู้"

« Silence tout autour, s'il vous plaît ! »

"เงียบไปรอบ ๆ ถ้าคุณต้องการ!"

« Guillaume le Conquérant était favorisé par le pape »

"วิลเลียมผู้พิชิตเป็นที่โปรดปรานของสมเด็จพระสันตะปาปา"

« mais il fut bientôt soumis par les Anglais »
"แต่ในไม่ช้าเขาก็ถูกอังกฤษยอมจำนน"

« Ils voulaient des leaders ces derniers temps »
"พวกเขาต้องการผู้นำในช่วงหลัง"

« et ils avaient été habitués au pouvoir et à la conquête »
"และพวกเขาคุ้นเคยกับอำนาจและการพิชิต"

« Edwin et Morcar, les comtes de Mercie et de
Northumbrie »
"เอ็ดวินและมอร์คาร์ เอิร์ลแห่งเมอร์เซียและนอร์ธัมเบรีย"

« Pouah ! » dit l'oiseau lori, avec un frisson
"อึ๋ม!" นกลอรีพูดด้วยตัวสั่น

« et même Stigand, l'archevêque patriote de Cantorbéry »
"และแม้แต่ Stigand อาร์คบิชอปผู้รักชาติแห่งแคนเทอร์เบอรี"

« Il l'a également trouvé opportun »
"เขายังพบว่ามันเหมาะสม"

« Qu'a-t-il trouvé à propos ? » dit le canard
"เขาคิดว่าแนะนำอะไร" เป็ดกล่าว

— Il l'a trouvé opportun, répondit la souris d'un ton un peu
contrarié
"เขาพบว่ามันแนะนำ" หนูตอบค่อนข้างขวาง

Mais le canard n'était pas satisfait
แต่เป็ดไม่พอใจ

« Bien sûr, vous savez ce que 'it' signifie »
"แน่นอน คุณรู้ว่า 'มัน' หมายถึงอะไร"

« Je sais ce que c'est quand je trouve quelque chose », dit le
canard
"ฉันรู้ว่า 'มัน' คืออะไรเมื่อฉันพบสิ่งใดสิ่งหนึ่ง" เป็ดกล่าว

« C'est généralement une grenouille ou un ver »
"โดยทั่วไปจะเป็นกบหรือหนอน"

« La question est de savoir ce que l'archevêque a trouvé ?

"คำถามคือ อาร์คบิชอปพบอะไร"

La souris n'a pas remarqué cette question

เมาส์ไม่ได้สังเกตเห็นคำถามนี้

Au lieu de cela, la souris continua précipitamment son discours

แต่หนูกลับรีบพูดต่อไป

« il a jugé opportun d'aller avec Edgar Atheling »

"เขาพบว่าควรไปกับ Edgar Atheling"

« pour rencontrer Guillaume et lui offrir la couronne »

"เพื่อพบกับวิลเลียมและถวายมงกุฎให้เขา"

la souris continua, se tournant vers Alice pendant qu'elle parlait

หนูพูดต่อ หันไปหาอลิซขณะที่มันพูด

« Comment allez-vous maintenant, ma chère ? »

"ตอนนี้คุณเป็นอย่างไรบ้างที่รัก"

– Aussi mouillée que jamais, dit Alice d'un ton mélancolique

"เปียกเหมือนเดิม" อลิซพูดด้วยน้ำเสียงเศร้าโศก

« Cette histoire n'a pas l'air de me tarir du tout »

"เรื่องนี้ดูเหมือนจะไม่ทำให้ฉันแห้งเลย"

— Dans ce cas, dit solennellement le dodo en se levant

"ถ้าอย่างนั้น" โดโดพูดอย่างเคร่งขรึม ลุกขึ้นยืน

« Je vote pour l'ajournement de la séance »

"ฉันโหวตให้เลื่อนการประชุม"

« et je propose l'adoption immédiate de remèdes plus énergiques »

"และฉันเสนอให้ใช้การเยียวยาที่กระฉับกระเฉงมากขึ้นทันที"

« Dis des paroles vraies ! » dit l'aiglon

"พูดคำพูดจริง!" นกอินทรีกล่าว

« Je ne connais pas le sens de la moitié de ces longs mots »

"ฉันไม่รู้ความหมายของคำยาวๆ ครึ่งหนึ่ง"

et, qui plus est, je ne crois pas que vous le sachiez non plus !

"และยิ่งไปกว่านั้น ฉันไม่เชื่อว่าคุณรู้เช่นกัน!"

— Ce que j'allais dire, dit le dodo d'un ton offensé

"สิ่งที่ฉันกำลังจะพูด" โดโดพูดด้วยน้ำเสียงขุ่นเคือง

« La meilleure chose à faire pour nous sécher serait une course au caucus »

"สิ่งที่ดีที่สุดที่จะทำให้เราแห้งคือการแข่งขันคอคัส"

« Qu'est-ce qu'une course de caucus ? » demanda Alice

"การแข่งขันคอคัสคืออะไร" อลิซกล่าว

« Eh bien, » dit le dodo, « la meilleure façon de l'expliquer,
c'est de le faire »

"อืม" โดโดกล่าว "วิธีที่ดีที่สุดในการอธิบายคือทำ"

« D'abord, le dodo a tracé un parcours »

"โดโด้แรกทำเครื่องหมายสนามแข่ง"

« La piste était dans une sorte de cercle »

"แทร็กอยู่ในวงกลม"

« Et puis tout le groupe a été placé le long du parcours »

"จากนั้นปาร์ตี้ทั้งหมดก็ถูกวางไว้ตามเส้นทาง"

Il n'y avait pas de « Un, deux, trois et c'est parti ! »

ไม่มี "หนึ่ง สอง สาม และออกไป!"

Mais ils ont commencé à courir quand ils voulaient

แต่พวกเขาเริ่มวิ่งเมื่อพวกเขาชอบ

et ils finissaient aussi quand ils le voulaient

และพวกเขาก็จบเมื่อพวกเขาชอบ

Il n'était donc pas facile de savoir quand la course était
terminée

ดังนั้นจึงไม่ง่ายเลยที่จะรู้ว่าการแข่งขันจบลงเมื่อใด

Après environ une demi-heure de course, ils étaient tous
assez secs

หลังจากวิ่งไปครึ่งชั่วโมงหรือมากกว่านั้น พวกมันก็ค่อนข้างแห้ง

le dodo s'écria soudain : « La course est finie ! »

จู่ๆ โดโดก็ตะโกนว่า "การแข่งขันจบลงแล้ว!"

Et ils se pressèrent tous autour du Dodo

และพวกเขาทั้งหมดก็เบียดเสียดกันรอบ ๆ โดโด

Tous les animaux haletaient et soufflaient

สัตว์ทุกตัวหอบและพองตัว

et tous voulaient savoir : « Mais qui a gagné ? »

และพวกเขาทุกคนอยากรู้ว่า "แต่ใครชนะ?"

Le dodo ne pouvait pas répondre immédiatement à cette question

คำถามนี้โดโดไม่สามารถตอบได้ทันที

D'abord, il a dû beaucoup réfléchir

ก่อนอื่นเขาต้องคิดมาก

Après mûre réflexion, le dodo finit par parler

หลังจากคิดมานาน โดโดก็พูดในที่สุด

« Tout le monde a gagné, et tous doivent avoir des prix »

"ทุกคนชนะ และทุกคนต้องมีรางวัล"

« Mais qui doit donner les prix ? » demanda un chœur de voix

"แต่ใครจะมอบรางวัล" เสียงร้องประสานเสียงถาม

— Eh bien, elle, bien sûr, dit le dodo

"แน่นอนว่าเธอ" โดโดกล่าว

et le dodo pointa d'un doigt vers Alice

และโดโดชี้ไปที่อลิซด้วยนิ้วเดียว

et toute la troupe des animaux se pressait autour d'elle

และสัตว์ทั้งกลุ่มก็เบียดเสียดกันรอบตัวเธอ

ils ont crié, d'une manière confuse : « Des prix ! Des prix !

พวกเขาตะโกนอย่างสับสนว่า "รางวัล! รางวัล!"

Alice n'avait aucune idée de ce qu'elle devait faire

อลิซไม่รู้ว่าจะทำอย่างไร

Désespérée, elle mit la main dans sa poche

ด้วยความสิ้นหวังเธอเอามือเข้าไปในกระเป๋าเสื้อ

Et elle en sortit une boîte de bonbons

และเธอก็หยิบกล่องขนมออกมา

Heureusement, l'eau salée n'était pas entrée dans la boîte

โชคดีที่น้ำเกลือไม่เข้าไปในกล่อง

et elle a distribué les bonbons comme prix

และเธอก็ยื่นขนมให้เป็นรางวัล

Il y avait exactement une pièce pour tout le monde
มีชิ้นเดียวสำหรับทุกคน

La prochaine chose qu'ils devaient faire était de manger les bonbons
สิ่งต่อไปที่พวกเขาต้องทำคือกินขนมหวาน

Cela a causé du bruit et de la confusion
สิ่งนี้ทำให้เกิดเสียงรบกวนและความสับสน

Les grands oiseaux se plaignaient de ne pas pouvoir goûter leurs bonbons
นกตัวใหญ่บ่นว่าพวกเขาไม่สามารถลิ้มรสขนมของพวกมันได้

Les petits s'étouffaient et devaient être tapotés dans le dos
ตัวเล็ก ๆ สำลักและต้องตบหลัง

Cependant, c'était enfin fini
อย่างไรก็ตาม ในที่สุดมันก็จบลง

Et ils se rassirent en cercle
และพวกเขาก็นั่งลงอีกครั้งในวงแหวน

et ils supplièrent la souris de leur dire quelque chose de plus
และพวกเขาขอร้องให้หนูบอกอะไรอีก

— Vous m'avez promis de me raconter votre histoire, vous savez, dit Alice
"คุณสัญญาว่าจะบอกประวัติของคุณให้ฉันฟัง คุณรู้ไหม"
อลิซกล่าว

et elle fit une autre petite remarque sur les chats à voix basse
และเธอก็พูดเล็กๆ น้อยๆ เกี่ยวกับแมวด้วยเสียงกระซิบ

Elle ne voulait pas offenser à nouveau la souris
เธอไม่ต้องการทำให้หนูขุ่นเคืองอีก

la petite souris se tourna vers Alice et soupira

หนูน้อยหันไปหาอลิซและถอนหายใจ

« Ma conte est long et triste ! »

"ของฉันเป็นเรื่องราวที่ยาวและน่าเศร้า!"

— C'est une longue queue, certainement, dit Alice

"มันเป็นหางยาวแน่นอน" อลิซกล่าว

et elle baissa les yeux avec étonnement sur la queue de la souris

และเธอมองลงมาด้วยความประหลาดใจที่หางหนู

« Mais pourquoi appelez-vous cela une queue triste ? »

"แต่ทำไมคุณถึงเรียกมันว่าหางเศร้า"

Et elle n'arrêtait pas de s'interroger à ce sujet pendant que la souris parlait

และเธอก็งงงวยเกี่ยวกับเรื่องนี้ในขณะที่หนูกำลังพูด

de sorte que son idée de l'histoire était quelque chose comme ceci

ดังนั้นความคิดของเธอเกี่ยวกับนิทานจึงเป็นแบบนี้

```
        "Fury said to
          a mouse, That
              he met in the
                house, 'Let
                  us both go
                    to law: I
                    will prosecute
                    you.—
                    Come, I'll
                  take no denial:
                We must have
              the trial;
            For really
          this morning
        I've
        nothing
        to do.'
          Said the
            mouse to
              the cur,
                'Such a
                trial, dear
                  sir, With
                      no jury
                        or judge,
                          would
                          be wasting
                        our
                      breath.'
                    'I'll be
                  judge,
                I'll be
              jury,'
            said
          cunning
            old
              Fury;
                'I'll
                  try
                    the
                      whole
                        cause,
                        and
                        condemn
                      you to
              death.'"
```

Fury dit à une souris : Qu'il s'est rencontré dans la maison.
Fury พูดกับหนูว่า เขาพบในบ้าน"

Allons tous les deux en justice, je vous poursuivrai
ให้เราทั้งคู่ไปตามกฎหมาย: ฉันจะดำเนินคดีกับคุณ

**Allons, je n'accepterai aucun démenti : il faut que nous
fassions l'épreuve**
มาเถอะ ฉันจะไม่ปฏิเสธ: เราต้องมีการพิจารณาคดี

Car vraiment ce matin je n'ai rien à faire
สำหรับจริงๆ เช้านี้ฉันไม่มีอะไรทำ

Dit la souris au maudit ;
หนูพูดกับคนร้าย

**Un tel procès, cher monsieur, sans jury ni juge, nous ferait
perdre notre souffle**
การพิจารณาคดีเช่นนี้ ไม่มีคณะลูกขุนหรือผู้พิพากษา

จะทำให้เราเสียลมหายใจ

« Je serai juge, je serai jury », dit le vieux rusé Fury
"ฉันจะเป็นผู้พิพากษา ฉันจะเป็นคณะลูกขุน" Fury

ผู้เฒ่าเจ้าเล่ห์กล่าว

Je vais juger toute la cause, et je vous condamnerai à mort
ฉันจะพยายามทั้งหมดและตัดสินคุณให้ตาย

la souris parla sévèrement à Alice
หนูพูดกับอลิซอย่างรุนแรง

« Tu ne fais pas attention ! »
"คุณไม่สนใจ!"

« À quoi pensez-vous ? »
"คุณกำลังคิดอะไรอยู่"

— Je vous demande pardon, dit Alice très humblement
"ฉันขอโทษคุณ" อลิซพูดอย่างอ่อนน้อมถ่อมตน

« Tu étais arrivé au cinquième virage, je crois ? »
"ฉันคิดว่าคุณไปถึงโค้งที่ห้าแล้วเหรอ?"

« Vous m'insultez en disant de telles bêtises ! »
"คุณดูถูกฉันด้วยการพูดเรื่องไร้สาระเช่นนี้!"

Et la souris se leva et s'éloigna
และหนูก็ลุกขึ้นและเดินจากไป

Alice appela la petite souris
อลิซเรียกตามหนูน้อย

« S'il vous plaît, revenez et terminez votre histoire ! »
"โปรดกลับมาและจบเรื่องราวของคุณ!"

Et les autres se joignirent tous en chœur
และคนอื่นๆ ก็เข้าร่วมเป็นนักร้องประสานเสียง

« Oui, s'il vous plaît, terminez votre histoire ! »
"ใช่ โปรดจบเรื่องราวของคุณ!"

Mais la souris se contenta de secouer la tête avec impatience
แต่หนูส่ายหัวอย่างไม่อดทน

et la petite souris marchait un peu plus vite
และหนูน้อยก็เดินเร็วขึ้นเล็กน้อย

« Je voudrais bien avoir Dinah, notre chat, ici ! » dit Alice
"ฉันหวังว่าฉันจะมีไดนาห์แมวของเราที่นี่!" อลิซกล่าว

Cela provoqua une sensation remarquable parmi le parti
สิ่งนี้ทำให้เกิดความรู้สึกที่น่าทึ่งในหมู่พรรค

Quelques-uns des oiseaux se hâtèrent de s'éloigner
นกบางตัวรีบออกไปทันที

et un canari appela d'une voix tremblante ses enfants ;
และนกขมิ้นก็ร้องด้วยเสียงสั่นสะเทือนกับลูก ๆ ของมัน

« Allez-vous-en, mes chères ! »
"ออกไปเถอะที่รัก!"

« Il est grand temps que vous soyez tous au lit ! »

"ถึงเวลาแล้วที่คุณจะอยู่บนเตียง!"

Avec diverses excuses, ils sont tous partis

ด้วยข้อแก้ตัวต่างๆ พวกเขาทั้งหมดก็หายไป

et Alice se retrouva bientôt seule

และในไม่ช้าอลิซก็ถูกทิ้งไว้ตามลำพัง

« J'aurais aimé ne pas avoir mentionné Dinah ! »

"ฉันหวังว่าฉันจะไม่พูดถึงไดนาห์!"

« Personne n'a l'air de l'aimer ici »

"ดูเหมือนจะไม่มีใครชอบเธอที่นี่"

« Mais je suis sûr que c'est la meilleure chatte du monde ! »

"แต่ฉันแน่ใจว่าเธอเป็นแมวที่ดีที่สุดในโลก!"

La pauvre Alice se remit à pleurer

อลิซผู้น่าสงสารเริ่มร้องไห้อีกครั้ง

parce qu'elle se sentait très seule et déprimée

เพราะเธอรู้สึกเหงาและต่ำต้อยมาก

Au bout de peu de temps, cependant, elle entendit de nouveau quelque chose

อย่างไรก็ตาม ไม่นานเธอก็ได้ยินบางอย่างอีกครั้ง

un petit bruit de pas au loin

เสียงฝีเท้าเล็กๆ น้อยๆ ในระยะไกล

et elle leva les yeux avec impatience

และเธอเงยหน้าขึ้นอย่างกระตือรือร้น

Le lapin envoie le petit M. Bill
กระต่ายส่งนายบิลตัวน้อยเข้ามา

C'était le lapin blanc, qui revenait lentement au trot

มันเป็นกระต่ายขาววิ่งเหยาะๆ กลับมาอย่างช้าๆ อีกครั้ง

Il regardait anxieusement autour de lui en chemin

เขามองไปรอบ ๆ ด้วยความกังวลขณะที่เขาไป

Il avait l'air d'avoir perdu quelque chose

เขาดูราวกับว่าเขาสูญเสียบางสิ่งบางอย่าง

Alice l'entendit marmonner pour lui-même

อลิซได้ยินเขาพึมพำกับตัวเอง

— La duchesse ! La Duchesse ! Oh, mes chères pattes !

"ดัชเชส! ดัชเชส! โอ้ อุ้งเท้าที่รักของฉัน!"

« Oh, ma fourrure et mes moustaches ! »

"โอ้ ขนและหนวดของฉัน!"

« Elle va me faire exécuter, j'en suis sûr »

"เธอจะประหารชีวิตฉัน ฉันแน่ใจในเรื่องนั้น"

« Aussi sûr que les furets sont des furets ! »

"แน่ใจพอๆ กับคุ้ยเขี่ยเป็นคุ้ยเขี่ย!"

« Où ai-je pu laisser tomber mes affaires, je me demande ? »

"ฉันจะทิ้งสิ่งของของฉันได้ที่ไหน ฉันสงสัย"

Alice devina en un instant ce qu'il cherchait

อลิซเดาได้ในชั่วขณะที่เขากำลังมองหาอะไร

Il cherchait l'éventail de plumes

เขากำลังมองหาพัดขนนก

et il cherchait la paire de gants blancs

และเขากำลังมองหาถุงมือสีขาวคู่หนึ่ง

Elle se mit donc très gentiment à chercher les gants

ดังนั้นเธอจึงเริ่มมองหาถุงมืออย่างใจดี

Et elle chercha aussi l'éventail de plumes

และเธอก็มองหาพัดขนนกด้วย

Mais les gants et l'éventail de plumes étaient introuvables

แต่ถุงมือและพัดขนนกก็ไม่มีใครเห็น

Tout semblait avoir changé depuis sa baignade dans la piscine

ทุกอย่างดูเหมือนจะเปลี่ยนไปตั้งแต่เธอว่ายน้ำในสระ

Rien n'était pareil depuis qu'elle était dans la grande salle

ไม่มีอะไรเหมือนเดิมตั้งแต่เธออยู่ในห้องโถงใหญ่

et la table de verre avait disparu

และโต๊ะกระจกก็หายไป

Et la petite porte n'était pas là non plus

และประตูเล็ก ๆ ก็ไม่มีเช่นกัน

Très vite, le lapin remarqua Alice

ในไม่ช้ากระต่ายก็สังเกตเห็นอลิซ

Il l'appela d'un ton furieux

เขาเรียกเธอด้วยน้ำเสียงโกรธ

« Mary Ann, que fais-tu ici ? »

"แมรี่ แอน คุณทำอะไรอยู่ที่นี่"

« Rentre chez toi à l'instant même »

"วิ่งกลับบ้านในตอนนี้"

« Et apporte-moi une paire de gants et un éventail de plumes ! »

"และเอาถุงมือและพัดขนนกมาให้ฉัน!"

« Et faites vite ! »

"และรีบไป!"

Alice se parlait à elle-même en s'enfuyant

อลิซพูดกับตัวเองขณะที่เธอวิ่งหนีไป

— Il a dû me prendre pour sa femme de chambre !

"เขาคงเข้าใจผิดว่าฉันเป็นแม่บ้านของเขา!"

« Comme il sera surpris quand il découvrira qui je suis ! »

"เขาจะประหลาดใจแค่ไหนเมื่อเขารู้ว่าฉันเป็นใคร!"

En disant cela, elle tomba sur une petite maison soignée

ขณะที่เธอพูดเช่นนี้ เธอก็เจอบ้านหลังเล็ก ๆ ที่เรียบร้อย

Sur la porte de la maison se trouvait une plaque de laiton brillant

ที่ประตูบ้านมีแผ่นทองเหลืองสดใส

« W. LAPIN »

"ดับเบิลยู. แรบบิท"

Elle entra sans frapper à la porte

เธอเข้าไปโดยไม่เคาะประตู

et elle se hâta de monter l'escalier

และเธอก็รีบตรงขึ้นไปชั้นบน

elle craignait de rencontrer la vraie Mary Ann

เธอกังวลว่าเธออาจจะได้พบกับแมรี่แอนตัวจริง

parce qu'alors elle serait chassée de la maison

เพราะตอนนั้นเธอจะถูกไล่ออกจากบ้าน

et elle ne pourrait pas trouver l'éventail de plumes et les gants

และเธอจะไม่สามารถหาพัดขนนกและถุงมือได้

Alice s'était frayé un chemin dans une petite pièce bien rangée

อลิซหาทางเข้าไปในห้องเล็ก ๆ ที่เป็นระเบียบเรียบร้อย

Dans la pièce, il y avait une table près de la fenêtre

ในห้องมีโต๊ะข้างหน้าต่าง

et sur la table, il y avait un éventail de plumes

และบนโต๊ะมีพัดขนนก

et il y avait deux ou trois paires de petits gants blancs

และมีถุงมือสีขาวเล็ก ๆ สองหรือสามคู่

Elle ramassa l'éventail en plumes et une paire de gants

เธอหยิบพัดขนนกและถุงมือขึ้นมา

et elle allait quitter la pièce

และเธอกำลังจะออกจากห้อง

mais alors ses yeux tombèrent sur une petite bouteille

แต่แล้วสายตาของเธอก็ตกลงไปที่ขวดเล็ก ๆ

Elle déboucha la bouteille et la porta à ses lèvres

เธอเปิดจุกขวดแล้ววางไว้ที่ริมฝีปากของเธอ

« J'espère que cela me fera redevenir grand »

"ฉันหวังว่ามันจะทำให้ฉันโตขึ้นอีกครั้ง"

« J'en ai marre d'être une toute petite chose ! »

"ฉันเหนื่อยกับการเป็นสิ่งเล็ก ๆ น้อย ๆ เช่นนี้!"

Alice avait à peine bu la moitié de la bouteille

อลิซแทบจะไม่ได้ดื่มครึ่งขวด

Sa tête était déjà appuyée contre le plafond

ศีรษะของเธอกดกับเพดานแล้ว

et elle dut se baisser

และเธอต้องก้มลง

pour sauver son cou d'être brisé

เพื่อช่วยคอของเธอไม่ให้หัก

Elle posa précipitamment la bouteille

เธอรีบวางขวดลง

« C'est bien assez »

"แค่นั้นก็พอแล้ว"

« J'espère que je ne grandirai plus »

"ฉันหวังว่าฉันจะไม่เติบโตอีกต่อไป"

Hélas! Il était trop tard pour souhaiter cela !

อนิจจา! มันสายเกินไปที่จะปรารถนาอย่างนั้น!

Elle n'a cessé de grandir

เธอเติบโตและเติบโตต่อไป

et très vite elle dut s'agenouiller sur le sol

และในไม่ช้าเธอก็ต้องคุกเข่าลงบนพื้น

Et même alors, elle a continué à grandir

และถึงกระนั้นเธอก็เติบโตต่อไป

Comme dernière ressource, elle passa un bras par la fenêtre

เธอยื่นแขนข้างหนึ่งออกไปนอกหน้าต่างเพื่อเป็นทรัพยากรสุดท้าย

et elle mit un pied dans la cheminée

และเธอก็เอาเท้าข้างหนึ่งขึ้นไปบนปล่องไฟ

« Maintenant, je ne peux plus faire, quoi qu'il arrive »

"ตอนนี้ฉันทำอะไรไม่ได้แล้ว ไม่ว่าจะเกิดอะไรขึ้น"

« Que vais-je devenir ? »

"จะเกิดอะไรขึ้นกับฉัน?"

Alice a eu un peu de chance
อลิซมีจุดแห่งโชค

La petite bouteille magique avait fait son plein effet
ขวดวิเศษเล็ก ๆ มีผลเต็มที่

et Alice ne grandit pas plus qu'elle n'était
และอลิซก็ไม่โตกว่าเธอ

Au bout de quelques minutes, elle entendit une voix à l'extérieur
หลังจากนั้นไม่กี่นาทีเธอก็ได้ยินเสียงข้างนอก

et elle s'arrêta pour écouter la voix
และเธอหยุดฟังเสียงนั้น

« Mary Ann ! Mary Ann ! dit la voix
"แมรี่ แอนน์! แมรี่ แอน!" เสียงนั้นกล่าว

« Apporte-moi mes gants tout de suite ! »
"เอาถุงมือมาให้ฉันในตอนนี้!"

Puis vint un petit claquement de pieds dans l'escalier
จากนั้นก็มีเสียงเท้ากระทบเล็กน้อยบนบันได

Alice savait que c'était le lapin qui venait la chercher

อลิซรู้ว่าเป็นกระต่ายที่มาหาเธอ

et elle trembla jusqu'à faire trembler la maison

และเธอตัวสั่นจนเขย่าบ้าน

elle oublia tout à fait quelles étaient ses proportions

เธอลืมไปแล้วว่าสัดส่วนของเธอคืออะไร

Elle était mille fois plus grosse que le lapin

เธอใหญ่กว่ากระต่ายพันเท่า

et elle n'avait aucune raison d'avoir peur d'un lapin

และเธอไม่มีเหตุผลที่จะกลัวกระต่าย

Bientôt le lapin s'approcha de la porte

ในไม่ช้ากระต่ายก็มาที่ประตู

et le petit lapin essaya d'ouvrir la porte

และกระต่ายน้อยพยายามเปิดประตู

La porte a commencé à s'ouvrir vers l'intérieur

ประตูเริ่มเปิดเข้าด้านใน

mais le coude d'Alice était fortement appuyé contre la porte

แต่ข้อศอกของอลิซถูกกดอย่างแรงกับประตู

Cette tentative s'est avérée un échec

ความพยายามนั้นพิสูจน์แล้วว่าล้มเหลว

Alice entendit le lapin se parler à lui-même

อลิซได้ยินกระต่ายพูดกับตัวเอง

« Ensuite, je vais faire le tour et entrer par la fenêtre »

"ถ้าอย่างนั้นฉันจะไปรอบ ๆ และเข้าไปทางหน้าต่าง"

« Que tu ne le feras pas ! » pensa Alice

"ที่คุณจะไม่!" อลิซคิด

Et elle attendit encore un peu

และเธอรออีกเล็กน้อย

Bientôt, elle entendit le lapin juste sous la fenêtre

ในไม่ช้าเธอก็ได้ยินเสียงกระต่ายใต้หน้าต่าง

Elle étendit soudain la main

ทันใดนั้นเธอก็กางมือออก

et elle fit une prise en l'air

และเธอก็ฉกฉวยในอากาศ

Elle n'a rien attrapé

เธอไม่ได้ครอบครองอะไรเลย

mais elle entendit un petit cri et une chute

แต่เธอได้ยินเสียงกรีดร้องเล็กน้อยและล้มลง

et elle entendit un fracas de verre brisé

และเธอได้ยินเสียงกระจกแตก

Peut-être le lapin était-il tombé

บางทีกระต่ายอาจจะล้มลง

Peut-être était-il dans une serre

บางทีเขาอาจอยู่ในเรือนกระจก

Puis vint une voix en colère ; La voix du lapin

ถัดมามีเสียงโกรธ เสียงกระต่าย

« Pat, où es-tu ? »

"แพท คุณอยู่ที่ไหน"

Et puis vint une voix qu'elle n'avait jamais entendue auparavant

แล้วเสียงที่เธอไม่เคยได้ยินมาก่อนก็ดังขึ้น

« Votre honneur, je suis là ! »

"ท่านผู้มีเกียรติ ฉันอยู่ที่นี่!"

« Je creuse pour trouver des pommes »

"ฉันกำลังขุดแอปเปิ้ล"

« Ici ! Venez m'aider à m'en sortir !

"นี่! มาช่วยฉันจากเรื่องนี้!"

« Maintenant, dis-moi, Pat, qu'est-ce qu'il y a dans la fenêtre ? »

"ตอนนี้บอกฉันหน่อย แพท มันมีอะไรอยู่ในหน้าต่าง"

« Bien sûr, Votre Honneur, je vais vous le dire »

"แน่นอน ท่านผู้มีเกียรติ ฉันจะบอกคุณ"

« C'est un bras qui est dans la fenêtre ! »

"มันเป็นแขนที่อยู่ในหน้าต่าง!"

« Eh bien, un bras n'a rien à faire là-bas »

"อืม แขนไม่มีธุระที่นั่น"

« Va et enlève le bras ! »

"ไปเอาแขนออกไป!"

Il y eut un long silence après cela

หลังจากนั้นก็เงียบไปนาน

et Alice n'entendait que des chuchotements de temps en temps

และอลิซได้ยินเสียงกระซิบเป็นครั้งคราว

et enfin elle étendit de nouveau la main

และในที่สุดเธอก็กางมือออกอีกครั้ง

et elle fit une autre arrachée dans les airs

และเธอก็ฉกอีกครั้งในอากาศ

Cette fois, il y eut deux petits cris

คราวนี้มีเสียงกรีดร้องเล็กๆ สองครั้ง

et il y avait d'autres bruits de verre brisé

และมีเสียงกระจกแตกมากขึ้น

« Je me demande ce qu'ils vont faire ensuite ! » pensa Alice

"ฉันสงสัยว่าพวกเขาจะทำอะไรต่อไป!" อลิซคิด

« J'aimerais qu'ils me tirent par la fenêtre »

"ฉันหวังว่าพวกเขาจะดึงฉันออกจากหน้าต่าง"

Elle attendit un certain temps
เธอรอสักครู่

Mais pendant un moment, elle n'entendit plus rien
แต่ชั่วขณะหนึ่งเธอไม่ได้ยินอะไรอีก

Enfin, il y eut un grondement de petites roues
ในที่สุดก็มีเสียงล้อเล็ก ๆ ดังก้อง

et il y eut le son d'un bon nombre de voix
และเสียงของเสียงมากมายก็ดังขึ้น

Toutes les voix parlaient ensemble
เสียงทั้งหมดกำลังพูดคุยกัน

Elle pouvait distinguer certaines des paroles
เธอสามารถเข้าใจคำพูดบางคำได้

« Où est l'autre échelle ? »
"บันไดอีกข้างอยู่ที่ไหน"

« Bill a l'autre échelle »
"บิลมีบันไดอื่น"

« Bill, viens ici ! »
"บิล มาที่นี่!"

« Le toit va-t-il supporter le fardeau ? »
"หลังคาจะรับน้ำหนักได้หรือไม่"

« Qui veut descendre par la cheminée ? »
"ใครอยากลงไปในปล่องไฟ"

— Non, je ne le ferai pas ! Vous le faites !
"ไม่ ฉันจะไม่! คุณทำมัน!"

« Tiens, Bill ! »
"นี่ บิล!"

« Le maître dit qu'il faut descendre par la cheminée ! »

"อาจารย์บอกว่าคุณต้องลงไปในปล่องไฟ!"
Alice descendit son pied aussi loin qu'elle le put dans la cheminée
อลิซดึงเท้าของเธอลงไปตามปล่องไฟให้ไกลที่สุดเท่าที่จะทำได้
Et puis elle attendit de voir ce qui allait arriver
จากนั้นเธอก็รอดูว่าจะเกิดอะไรขึ้น
Elle entendit un petit animal gratter et se débattre
เธอได้ยินเสียงสัตว์ตัวน้อยเกาและแย่งชิง
Le petit animal doit être dans la cheminée
สัตว์ตัวน้อยต้องอยู่ในปล่องไฟ
Puis elle donna un coup de pied sec
จากนั้นเธอก็เตะอย่างแรง
et elle attendit de voir ce qui allait se passer ensuite
และเธอรอดูว่าจะเกิดอะไรขึ้นต่อไป
Elle entendit un chœur général de voix
เธอได้ยินเสียงประสานเสียงทั่วไป
« Voilà Bill ! » dirent-ils tous
"บิลไปแล้ว!" พวกเขาทั้งหมดพูด
Puis elle entendit la voix du lapin seule
จากนั้นเธอก็ได้ยินเสียงกระต่ายเพียงลำพัง
« Toi par la haie, attrape-le ! »
"คุณข้างพุ่มไม้ จับเขา!"
Il y eut un autre moment de silence
มีความเงียบสงบอีกครั้ง
Et puis il y eut une autre confusion de voix
แล้วก็เกิดความสับสนของเสียงอีกครั้ง
« Lève la tête, Brandy »
"ยกศีรษะขึ้นเถอะ บรั่นดี"

« Attention à ne pas l'étouffer »

"ระวังอย่าสำลักเขา"

« Qu'est-ce qui t'est arrivé ? »

"เกิดอะไรขึ้นกับคุณ?"

Enfin, une petite voix faible et grinçante est apparue

สุดท้ายมีเสียงอ่อนแอและแหลมเล็กน้อย

« Eh bien, je n'en sais presque pas plus »

"ฉันแทบไม่รู้อีกแล้ว"

« merci à tous, je vais mieux maintenant »

"ขอบคุณทุกคน ตอนนี้ฉันดีขึ้นแล้ว"

« il y a une chose dont je peux me souvenir »

"มีสิ่งหนึ่งที่ฉันจำได้"

« Quelque chose vient à moi comme un train dans un tunnel »

"มีบางอย่างเข้ามาหาฉันเหมือนรถไฟในอุโมงค์"

« Et je vole comme une fusée ! »

"และฉันบินขึ้นเหมือนขวัญลอยฟ้า!"

Il y eut une minute ou deux de silence

มีความเงียบสงบหนึ่งหรือสองนาที

puis ils ont recommencé à se déplacer

แล้วพวกเขาก็เริ่มเคลื่อนไหวอีกครั้ง

et Alice entendit de nouveau le Lapin parler

และอลิซได้ยินกระต่ายพูดอีกครั้ง

« Une brouette fera l'affaire, pour commencer »

"คนที่มีน้ำหนักมากจะทำ ตั้งแต่แรก"

« Une brouette pleine de quoi ? » pensa Alice

"รถเข็นเต็มไปด้วยอะไร?" อลิซคิด

Mais elle ne fut pas tenue en suspens longtemps

แต่เธอไม่ได้ถูกเก็บไว้ในความสงสัยนาน

Une pluie de petits cailloux est passée par la fenêtre

ฝนก้อนกรวดเล็ก ๆ ไหลผ่านหน้าต่าง

et quelques petits cailloux l'ont frappée au visage

และก้อนกรวดเล็ก ๆ บางส่วนก็โดนหน้าเธอ

Alice fut surprise par les petits cailloux

อลิซประหลาดใจกับก้อนกรวดเล็กๆ

Tous les petits cailloux se transformaient en gâteaux

ก้อนกรวดเล็ก ๆ ทั้งหมดกลายเป็นเค้ก

et une idée lumineuse lui vint à l'esprit

และความคิดที่สดใสก็เข้ามาในหัวของเธอ

« Je devrais manger un de ces gâteaux »

"ฉันควรกินเค้กเหล่านี้สักชิ้น"

« Le gâteau ne manquera pas de faire changer ma taille »

"เค้กแน่ใจว่าจะเปลี่ยนขนาดของฉัน"

Alors elle a avalé l'un des gâteaux

เธอจึงกลืนเค้กชิ้นหนึ่ง

et elle fut ravie de constater qu'elle commençait à rétrécir

และเธอดีใจที่พบว่าเธอเริ่มหดตัว

Bientôt, elle fut assez petite pour franchir la porte

ในไม่ช้าเธอก็ตัวเล็กพอที่จะผ่านประตูได้

Elle s'est enfuie de la maison

เธอวิ่งออกจากบ้าน

Une foule de petits animaux et d'oiseaux attendaient dehors

ฝูงสัตว์และนกตัวเล็ก ๆ รออยู่ข้างนอก

**tous les petits oiseaux et les petits animaux se précipitèrent
sur Alice**

นกและสัตว์ตัวเล็ก ๆ ทั้งหมดพุ่งเข้าหาอลิซ

Mais elle s'enfuit aussi vite qu'elle le put

แต่เธอวิ่งหนีไปให้เร็วที่สุดเท่าที่จะทำได้

et bientôt elle se trouva en sécurité dans un bois épais

และในไม่ช้าเธอก็พบว่าตัวเองปลอดภัยในป่าทึบ

Alice errait dans les bois

อลิซเดินไปมาในป่า

Et elle pensa en elle-même :

และเธอคิดในใจ:

« Je sais ce que je dois faire en premier »

"ฉันรู้ว่าฉันต้องทำอะไรก่อน"

« Je dois d'abord grandir à ma bonne taille »

"ก่อนอื่นฉันต้องเติบโตให้มีขนาดที่เหมาะสมอีกครั้ง"

« et puis je dois trouver mon chemin dans ce joli jardin »

"แล้วฉันก็ต้องหาทางเข้าไปในสวนที่น่ารักนั้น"

« Je suppose que je devrais manger ou boire quelque chose
ou autre »

"ฉันคิดว่าฉันควรกินหรือดื่มอะไรหรืออย่างอื่น"

« Mais la question est de savoir ce que je dois manger ou
boire ? »

"แต่คำถามคือฉันควรกินหรือดื่มอะไร"

Alice regarda tout autour d'elle les fleurs

อลิซมองไปรอบ ๆ เธอที่ดอกไม้

et elle regarda à travers les brins d'herbe

และเธอมองผ่านใบหญ้า

mais elle ne voyait rien à manger ni à boire

แต่เธอมองไม่เห็นอะไรให้กินหรือดื่ม

Rien ne semblait être la bonne chose à manger ou à boire

ไม่มีอะไรดูเหมือนสิ่งที่ถูกต้องที่จะกินหรือดื่ม

Il y avait un gros champignon qui poussait près d'elle

มีเห็ดขนาดใหญ่เติบโตอยู่ใกล้เธอ

le champignon était à peu près de la même taille qu'Alice

เห็ดมีความสูงเท่ากับอลิซ

Elle s'étira sur la pointe des pieds

เธอยืดตัวด้วยการเขย่งเท้า

Et elle jeta un coup d'œil par-dessus le bord du champignon

และเธอก็แอบมองไปที่ขอบเห็ด

Ses yeux rencontrèrent immédiatement les yeux d'une
grande chenille bleue

ดวงตาของเธอสบตากับหนอนผีเสื้อสีน้ำเงินตัวใหญ่ทันที

La chenille était assise sur le sommet du champignon

หนอนผีเสื้อนั่งอยู่บนยอดเห็ด

et la chenille avait croisé tous ses bras

และหนอนผีเสื้อก็ไขว้แขนทั้งหมด

et il fumait tranquillement un long narguilé

และเขากำลังสูบมอระกู่ยาวอย่างเงียบ ๆ

et il ne faisait pas la moindre attention à rien

และเขาไม่ได้สังเกตเห็นอะไรเลยแม้แต่น้อย

et il n'a certainement pas fait attention à Alice

และเขาไม่ได้สนใจอลิซอย่างแน่นอน

Les conseils d'une chenille
คำแนะนำจากหนอนผีเสื้อ

Finalement, la chenille a retiré le narguilé de sa bouche
ในที่สุดหนอนผีเสื้อก็เอามอระกู่ออกจากปากของมัน

et il s'adressa à Alice d'une voix languissante et endormie
และเขาพูดกับอลิซด้วยน้ำเสียงที่อ่อนโยนและง่วงนอน

« Qui es-tu ? » demanda la chenille
"คุณเป็นใคร" หนอนผีเสื้อพูด

Alice a répondu, plutôt timidement : « Je sais à peine, monsieur. »
อลิซตอบอย่างเขินอายว่า "ฉันแทบไม่รู้เลยครับท่าน"

« Juste pour le moment, c'est un peu... »
"แค่ตอนนี้มันก็นิดหน่อย..."

« Je sais qui j'étais quand je me suis levé ce matin" »
"ฉันรู้ว่าฉันเป็นใครเมื่อฉันตื่นเช้านี้""

« mais je pense que j'ai dû changer plusieurs fois depuis »

"แต่ฉันคิดว่าฉันคงเปลี่ยนไปหลายครั้งตั้งแต่นั้นมา"

« Qu'est-ce que tu veux dire par là ? » dit la chenille

"คุณหมายความว่าอย่างไร" หนอนผีเสื้อกล่าว

sévèrement, la chenille lui demanda de s'expliquer

หนอนผีเสื้อขอให้เธออธิบายตัวเองอย่างเคร่งครัด

— Je ne peux pas m'expliquer, j'en ai peur, monsieur, dit Alice

"ฉันไม่สามารถอธิบายตัวเองได้ ฉันกลัวครับท่าน" อลิซกล่าว

« parce que je ne suis pas moi-même »

"เพราะฉันไม่ใช่ตัวของตัวเอง"

« Vous voyez, être de tant de tailles différentes en une journée, c'est très déroutant »

"คุณเห็นไหม การมีหลายขนาดในหนึ่งวันนั้นสับสนมาก"

Elle se redressa et dit très gravement :

เธอลุกขึ้นและพูดอย่างจริงจัง:

« Je pense que tu devrais me dire qui tu es, en premier »

"ฉันคิดว่าคุณควรบอกฉันว่าคุณเป็นใครก่อน"

« Pourquoi ? » demanda la chenille

"ทำไม?" หนอนผีเสื้อพูด

Alice ne voyait aucune bonne raison

อลิซคิดเหตุผลไม่ดี

et la chenille semblait être dans un état d'esprit très désagréable

และหนอนผีเสื้อดูเหมือนจะอยู่ในสภาพจิตใจที่ไม่พึงประสงค์มาก

alors elle s'en retourna

เธอจึงหันหลังไป

« Reviens ! » la chenille l'appela

"กลับมา!" หนอนผีเสื้อเรียกตามเธอ

« J'ai quelque chose d'important à dire ! »

"ฉันมีบางอย่างสำคัญที่จะพูด!"

Alice se retourna et revint
อลิซหันกลับมาอีกครั้ง

« Garde ton sang-froid », dit la chenille
"รักษาอารมณ์ของคุณ" หนอนผีเสื้อกล่าว

— C'est tout ? dit Alice
"แค่นั้นเหรอ" อลิซกล่าว

Et elle ravala sa colère de son mieux
และเธอกลืนความโกรธของเธอให้ดีที่สุดเท่าที่จะทำได้

« Non, » dit la chenille
"ไม่" หนอนผีเสื้อกล่าว

La chenille déplia ses bras
หนอนผีเสื้อกางแขนออก

Et il retira le narguilé de sa bouche
และเขาก็เอามอระกู่ออกจากปากอีกครั้ง

et il a dit : « Vous pensez donc que vous avez changé, n'est-ce pas ? »
และเขาพูดว่า "คุณคิดว่าคุณเปลี่ยนไปแล้วใช่ไหม"

— J'ai peur, je suis changée, monsieur, dit Alice
"ฉันกลัว ฉันเปลี่ยนไปแล้ว" อลิซกล่าว

« Je ne me souviens plus des choses comme je m'en souvenais »
"ฉันจำสิ่งต่าง ๆ ไม่ได้เหมือนที่เคยจำได้"

« et je ne reste pas plus de dix minutes de la même taille ! »
"และฉันไม่ได้อยู่เท่าเดิมเกินสิบนาที!"

« Quelle taille veux-tu faire ? » demanda la chenille
"คุณต้องการเป็นขนาดไหน" หนอนผีเสื้อถาม

— Oh, ma taille ne me dérange pas particulièrement, répondit vivement Alice

"โอ้ ฉันไม่สนใจว่าฉันมีขนาดเท่าไร" อลิซรีบตอบ

« Je n'aime pas changer de taille si souvent, vous savez »

"ฉันแค่ไม่ชอบเปลี่ยนขนาดบ่อยนัก คุณรู้ไหม"

« J'aimerais être un peu plus grand, monsieur »

"ฉันอยากจะใหญ่ขึ้นอีกหน่อยครับท่าน"

— Si cela ne vous dérange pas, ajouta Alice

"ถ้าคุณไม่รังเกียจ" อลิซกล่าวเสริม

« Dix centimètres, c'est une taille si misérable »

"สิบเซนติเมตรเป็นความสูงที่น่าสงสารมาก"

« C'est une très bonne hauteur en effet ! » dit la chenille avec colère

"มันเป็นความสูงที่ดีมากจริงๆ!" หนอนผีเสื้อพูดอย่างโกรธแค้น

et il se redressa tout en parlant

และเขาก็ลุกขึ้นตัวตรงขณะที่เขาพูด

Il mesurait exactement dix centimètres de haut

เขาสูงสิบเซนติเมตรพอดี

Au bout d'une minute ou deux, la chenille s'est détachée du champignon

ในหนึ่งหรือสองนาทีหนอนผีเสื้อก็ลงจากเห็ด

et il s'enfonça en rampant dans l'herbe

และเขาก็คลานออกไปในพงหญ้า

En s'éloignant, il fit quelques petites remarques

ขณะที่เขาจากไป เขาก็พูดเล็กๆ น้อยๆ

« Un côté vous fera grandir »

"ด้านหนึ่งจะทำให้คุณสูงขึ้น"

« Et l'autre côté te fera rapetisser »

"และอีกด้านหนึ่งจะทำให้คุณเตี้ยลง"

« Un côté de quoi ? » pensa Alice en elle-même

"ด้านใดด้านหนึ่ง?" อลิซคิดกับตัวเอง

« L'autre côté de quoi ? »

"อีกด้านหนึ่งของอะไร?"

« Le côté du champignon », dit la chenille

"ด้านข้างของเห็ด" หนอนผีเสื้อกล่าว

C'était comme si elle avait posé sa question à haute voix

ราวกับว่าเธอถามคำถามของเธอดัง ๆ

et un instant plus tard, il fut hors de vue

และในอีกชั่วขณะหนึ่งเขาก็หายไปจากสายตา

Alice resta pensivement à regarder le champignon

อลิซยังคงมองเห็ดอย่างครุ่นคิด

Elle essayait de distinguer quels étaient les deux côtés du champignon

เธอพยายามหาว่าเห็ดทั้งสองด้านคืออะไร

Enfin, elle étendit ses bras autour du champignon

ในที่สุดเธอก็เหยียดแขนโอบเห็ด

Et elle cassa un peu les bords

และเธอก็หักขอบเล็กน้อย

« Et maintenant, de quel côté est-ce ? » se dit-elle

"แล้วตอนนี้ ฝั่งไหนเป็นฝ่ายไหน" เธอพูดกับตัวเอง

et elle grignota un peu du mors de la main droite

และเธอแทะบิตขวาเล็กน้อย

L'instant d'après, elle sentit un violent coup sous son menton

วินาทีถัดมาเธอรู้สึกถึงการกระแทกอย่างรุนแรงใต้คางของเธอ

Son menton avait heurté son pied !

คางของเธอกระแทกเท้าของเธอ!

Elle fut bien effrayée par ce changement très soudain

เธอรู้สึกหวาดกลัวมากกับการเปลี่ยนแปลงอย่างกะทันหันนี้

Elle rétrécissait très rapidement

เธอหดตัวอย่างรวดเร็ว

Alors elle a rapidement mangé un peu de l'autre morceau de champignon

ดังนั้นเธอจึงรีบกินเห็ดอีกเล็กน้อย

Son menton était très serré contre son pied

คางของเธอถูกกดทับกับเท้าของเธออย่างใกล้ชิด

Il y avait à peine de la place pour ouvrir la bouche

แทบไม่มีที่ว่างให้อ้าปาก

mais elle parvint enfin à ouvrir la bouche

แต่ในที่สุดเธอก็สามารถอ้าปากได้

et elle avala un morceau du mors de la main gauche

และเธอก็กลืนเศษของบิตซ้ายมือ

« Ma tête a enfin été libérée ! » dit Alice

"ในที่สุดหัวของฉันก็เป็นอิสระแล้ว!" อลิซกล่าว

Elle baissa les yeux sur elle-même

เธอมองลงมาที่ตัวเอง

mais tout ce qu'elle pouvait voir, c'était une immense longueur de cou

แต่สิ่งที่เธอเห็นคือคอยาวมหาศาล

Son cou semblait se dresser comme une tige

คอของเธอดูเหมือนจะยกขึ้นเหมือนก้าน

et elle baissa les yeux sur une mer de feuilles vertes

และเธอมองลงไปเหนือทะเลใบไม้สีเขียว

« Où sont passées mes épaules ? »

"ไหล่ของฉันไปถึงไหนแล้ว"

« Et oh, mes pauvres mains, comment se fait-il que je ne puisse pas vous voir ? »

"และ โอ้ มือที่น่าสงสารของฉัน ทำไมฉันมองไม่เห็นคุณ"

Mais son cou avait un avantage

แต่คอของเธอมีประโยชน์อย่างหนึ่ง

Elle pouvait bouger la tête dans n'importe quelle direction

เธอสามารถขยับศีรษะไปในทิศทางใดก็ได้

En fait, elle était comme un serpent

ในความเป็นจริงเธอก็เหมือนงู

Elle zigzague gracieusement, la tête baissée

เธอก้มศีรษะลงอย่างสง่างาม

et elle remua la tête à travers les arbres

และเธอขยับศีรษะของเธอผ่านต้นไม้

Mais elle entendit alors un sifflement aigu

แต่แล้วเธอก็ได้ยินเสียงฟู่ที่แหลมคม

Et elle tira rapidement la tête en arrière

และเธอก็รีบดึงศีรษะของเธอกลับ

Un gros pigeon lui avait volé au visage

นกพิราบตัวใหญ่บินเข้าที่ใบหน้าของเธอ

et le pigeon était violemment avec ses ailes

และนกพิราบก็มีปีกของมันอย่างรุนแรง

« Serpent ! » cria le pigeon

"งู!" นกพิราบร้อง

« Je ne suis pas un serpent ! » dit Alice avec indignation

"ฉันไม่ใช่งู!" อลิซพูดอย่างโกรธเคือง

« Laisse-moi tranquille ! »

"ปล่อยให้ฉันอยู่คนเดียว!"

« J'ai essayé les racines des arbres »

"ฉันได้ลองรากของต้นไม้แล้ว"

— Et j'ai essayé des haies, continua le pigeon

"และฉันได้ลองพุ่มไม้แล้ว" นกพิราบพูดต่อ

« Mais ces serpents ! Il n'y a pas moyen de leur plaire !

"แต่งูเหล่านั้น! ไม่มีอะไรทำให้พวกเขาพอใจ!"

Alice était de plus en plus perplexe

อลิซงงมากขึ้นเรื่อยๆ

« Comme si ce n'était pas assez compliqué de faire éclore les œufs », a déclaré le pigeon

"ราวกับว่ามันไม่ลำบากพอที่จะฟักไข่" นกพิราบกล่าว

« Nuit et jour, je dois aussi faire attention aux serpents ! »
"ทั้งกลางวันและกลางคืนฉันต้องระวังงูด้วย!"

« Je venais de trouver l'arbre le plus haut de la forêt »
"ฉันเพิ่งพบต้นไม้ที่สูงที่สุดในป่า"

« Je serais sûrement libre des serpents ici ? »
"แน่นอนว่าฉันจะเป็นอิสระจากงูที่นี่?"

« Et un serpent sort du ciel ! »
"และงูตัวหนึ่งออกมาจากท้องฟ้า!"

« Mais je ne suis pas un serpent, je vous le dis ! » dit Alice
"แต่ฉันไม่ใช่งู ฉันบอกคุณ!" อลิซกล่าว

"Je suis un... Je suis un... Je suis une petite fille, ajouta-t-elle
d'un air un peu dubitatif
"ฉันเป็น... ฉันเป็น... ฉันเป็นเด็กผู้หญิงตัวเล็ก"

เธอเสริมอย่างสงสัย

Après tout, elle avait traversé beaucoup de changements
เธอผ่านการเปลี่ยนแปลงมากมาย

« Tu cherches des œufs », dit le pigeon
"คุณกำลังตามหาไข่" นกพิราบกล่าว

« Je le sais pertinemment »
"ฉันรู้ว่าเป็นความจริง"

« Et qu'importe que vous soyez une petite fille ou un serpent
? »
"แล้วมันสำคัญอะไรถ้าคุณเป็นเด็กผู้หญิงตัวเล็ก ๆ หรืองู"

— Cela m'importe beaucoup, dit Alice à la hâte
"มันสำคัญมากสำหรับฉัน" อลิซพูดอย่างรีบร้อน

« mais je ne cherche pas d'œufs, en l'occurrence »
"แต่ฉันไม่ได้มองหาไข่อย่างที่เกิดขึ้น"

« et je ne voudrais pas de tes œufs de toute façon »
"และฉันก็ไม่ต้องการไข่ของคุณอยู่ดี"

« Je n'aime pas mes œufs crus »
"ฉันไม่ชอบไข่ดิบ"

« Eh bien, allez-vous-en ! » dit le pigeon d'un ton boudeur
"เอาล่ะ ออกไป!" นกพิราบพูดด้วยน้ำเสียงบึ้ง

et le pigeon se posa de nouveau dans son nid
และนกพิราบก็กลับลงสู่รังของมันอีกครั้ง

Alice s'accroupit parmi les arbres du mieux qu'elle put
อลิซหมอบลงท่ามกลางต้นไม้ให้ดีที่สุดเท่าที่จะทำได้

Son cou ne cessait de s'emmêler parmi les branches
คอของเธอเข้าไปพัวพันกับกิ่งไม้

De temps en temps, elle devait s'arrêter et se tordre le cou
บางครั้งเธอต้องหยุดและคลายคอของเธอ

Au bout d'un moment, elle se souvint du champignon
หลังจากนั้นไม่นานเธอก็จำเห็ดได้

Elle tenait toujours les morceaux de champignon dans ses mains
เธอยังคงถือชิ้นส่วนเห็ดไว้ในมือของเธอ

et elle se mit à l'œuvre avec beaucoup de soin
และเธอก็เริ่มทำงานอย่างระมัดระวัง

D'abord, elle a grignoté un morceau
ตอนแรกเธอแทะชิ้นเดียว

puis elle grignota l'autre morceau
แล้วเธอก็แทะอีกชิ้นหนึ่ง

Parfois, elle grandissait
บางครั้งเธอก็สูงขึ้น

et parfois elle devenait plus petite

และบางครั้งเธอก็เตี้ยลง

Mais finalement, elle a atteint sa taille habituelle
แต่ในที่สุดเธอก็มีความสูงตามปกติ

Elle n'avait pas été de sa taille depuis un certain temps
เธอไม่ได้สูงของเธอมาระยะหนึ่งแล้ว

Tout m'a semblé étrange pendant un moment
ดังนั้นทุกอย่างจึงรู้สึกแปลก ๆ ชั่วขณะหนึ่ง

« La prochaine chose à faire est d'entrer dans ce beau jardin »
"สิ่งต่อไปที่ต้องทำคือเข้าไปในสวนที่สวยงามนั้น"

« Comment cela se fera-t-il, je me demande ? »
"จะทำอย่างไรฉันสงสัย?"

En disant cela, elle tomba sur un endroit ouvert
ขณะที่เธอพูดเช่นนี้ เธอก็มาถึงที่โล่ง

Il y avait une petite maison, un peu plus haute qu'un mètre
มีบ้านหลังเล็ก ๆ สูงกว่าหนึ่งเมตรเล็กน้อย

« Je me demande qui habite cette petite maison »
"ฉันสงสัยว่าใครอาศัยอยู่ในบ้านหลังเล็ก ๆ นี้"

« Je ne peux certainement pas y aller aussi grand que je le suis »
"ฉันไม่สามารถเข้าไปใหญ่เท่าฉันได้แน่นอน"

« Je les effrayerais terriblement ! »
"ฉันจะทำให้พวกเขากลัวมาก!"

alors elle grignota à nouveau le petit champignon
ดังนั้นเธอจึงแทะเห็ดตัวเล็ก ๆ อีกครั้ง

et bientôt elle s'abaissa de trente centimètres
และในไม่ช้าเธอก็ลดตัวเองลงมาสามสิบเซนติเมตร

Un cochon et du poivre
หมูและพริกไทย

Pendant une minute ou deux, elle resta à regarder la maison

เธอยืนมองไปที่บ้านเป็นเวลาหนึ่งหรือสองนาที

Soudain, un valet de pied sortit en courant des bois

ทันใดนั้นก็มีคนเดินเท้าวิ่งออกมาจากป่า

Il portait un uniforme de livrée spécial

เขาสวมเครื่องแบบพิเศษ

à en juger par son seul visage, elle l'aurait traité de poisson

ตัดสินจากใบหน้าของเขาเท่านั้นเธอคงเรียกเขาว่าปลา

et il frappa bruyamment à la porte avec ses jointures

และเขาก็กระแทกประตูเสียงดังด้วยข้อนิ้วของเขา

La porte fut ouverte par un autre valet de pied

ประตูถูกเปิดโดยพนักงานเดินเท้าอีกคน

Ce valet de pied portait également une livrée spéciale

คนเดินเท้าคนนี้ก็สวมชุดพิเศษเช่นกัน

Ce valet de pied avait un visage rond et de grands yeux comme une grenouille

คนเดินเท้าคนนี้มีใบหน้ากลมและดวงตาโตเหมือนกบ

C'est le valet de pied qui ressemblait à un poisson qui a initié la cérémonie

คนเดินเท้าที่ดูเหมือนปลาเริ่มต้นพิธี

Il sortit quelque chose de sous son bras

เขาดึงบางอย่างออกมาจากใต้วงแขนของเขา

et il tira de dessous son bras une enveloppe

และเขาก็หยิบซองจดหมายออกมาจากใต้วงแขนของเขา

et cette enveloppe, il la remit à l'autre valet de pied

และซองจดหมายนี้เขายื่นให้คนเดินอีกคน

D'un ton cérémoniel, il lui donna les ordres

เขาบอกคำสั่งด้วยน้ำเสียงที่สุภาพ

« Ce message s'adresse à la duchesse »

"ข้อความนี้ส่งถึงดัชเชส"

« Une invitation de la reine à jouer au croquet »

"คำเชิญจากราชินีให้เล่นโครเก้"

Le valet de pied qui ressemblait à une grenouille répéta l'ordre

คนเดินเท้าที่ดูเหมือนกบพูดซ้ำคำสั่ง

« De la reine »

"จากราชินี"

« Une invitation »

"คำเชิญ"

« pour la duchesse »

"สำหรับดัชเชส"

« Jouer au croquet »

"เล่นโครเก้"

Puis ils s'inclinèrent tous les deux

จากนั้นทั้งคู่ก็โค้งคำนับต่ำ

et les boucles de leurs perruques s'emmêlèrent

และลอนผมในวิกผมของพวกเขาก็พันกัน

Bientôt, le valet de pied qui ressemblait à un poisson a disparu

ในไม่ช้าคนเดินเท้าที่ดูเหมือนปลาก็หายไป

Mais le valet de pied qui ressemblait à une grenouille était toujours là

แต่คนเดินเท้าที่ดูเหมือนกบยังคงอยู่ที่นั่น

Il était assis par terre près de la porte

เขานั่งอยู่บนพื้นใกล้ประตู

Il regardait bêtement le ciel

เขาจ้องมองขึ้นไปบนท้องฟ้าอย่างโง่เขลา

Alice s'approcha timidement de la porte et frappa

อลิซเดินไปที่ประตูอย่างขี้อายและเคาะประตู

— Il ne sert à rien de frapper, dit le valet de pied

"ไม่มีประโยชน์ที่จะเคาะ" คนเดินเท้ากล่าว

« Et ce, pour deux raisons »

"และนั่นเป็นเพราะเหตุผลสองประการ"

« D'abord, parce que je suis du même côté de la porte que toi »

"อย่างแรก เพราะฉันอยู่ฝั่งเดียวกับคุณ"

« Deuxièmement, parce qu'ils font tellement de bruit à l'intérieur »

"ประการที่สอง เพราะพวกเขาส่งเสียงดังมากภายใน"

« Personne ne pouvait vous entendre »

"ไม่มีใครได้ยินคุณ"

Et il y avait certainement un bruit des plus extraordinaires à l'intérieur

และแน่นอนว่ามีเสียงที่ไม่ธรรมดาที่สุดเกิดขึ้นภายใน

des hurlements et des éternuements constants

เสียงหอนและจามอย่างต่อเนื่อง

et de temps en temps un bruit de grand fracas

และบางครั้งก็มีเสียงกระแทกอย่างรุนแรง

comme si un plat ou une bouilloire avait été brisé en morceaux

ราวกับว่าจานหรือกาต้มน้ำแตกเป็นชิ้น ๆ

« Comment vais-je entrer ? » demanda Alice

"ฉันจะเข้าไปได้อย่างไร" อลิซถาม

— Faut-il que tu entres ? dit le valet de pied

"คุณควรเข้าไปเลยไหม"

« C'est la première question, vous savez »

"นั่นคือคำถามแรก คุณรู้ไหม"

Alice ouvrit la porte et entra

อลิซเปิดประตูและเข้าไป

La porte menait directement à une grande cuisine

ประตูนำไปสู่ห้องครัวขนาดใหญ่

La cuisine était pleine de fumée d'un bout à l'autre

ห้องครัวเต็มไปด้วยควันจากปลายด้านหนึ่งไปอีกด้านหนึ่ง

au milieu de la cuisine se trouvait la duchesse

กลางห้องครัวคือดัชเชส

Elle était assise sur un tabouret à trois pieds

เธอนั่งอยู่บนเก้าอี้สามขา

et elle allaitait un bébé

และเธอกำลังให้นมทารก

Le cuisinier était penché au-dessus du feu

พ่อครัวกำลังโน้มตัวอยู่เหนือกองไฟ

Il remuait un grand chaudron

เขากำลังกวนหม้อไฟขนาดใหญ่

et le chaudron semblait être plein de soupe

และหม้อไฟดูเหมือนจะเต็มไปด้วยซุป

« Il y a certainement trop de poivre dans cette soupe ! » Alice se dit

"ซุปนั้นมีพริกไทยมากเกินไปแน่นอน!" อลิซพูดกับตัวเอง

Elle l'a dit du mieux qu'elle a pu sans éternuer

เธอพูดอย่างดีที่สุดโดยไม่ต้องจาม

Même la duchesse éternuait de temps en temps

แม้แต่ดัชเชสก็จามเป็นครั้งคราว

Mais les actions du bébé étaient les plus remarquables

แต่การกระทำของทารกนั้นน่าสังเกตที่สุด

Le bébé éternuait et hurlait alternativement

ทารกจามและหอนสลับกัน

Il n'y avait pas un instant de pause entre les hurlements et les éternuements

ไม่มีการหยุดชั่วคราวระหว่างการหอนและการจาม

Il y avait deux créatures dans la cuisine qui n'éternuaient pas

มีสิ่งมีชีวิตสองตัวในครัวที่ไม่จาม

Le cuisinier était trop occupé pour éternuer

พ่อครัวยุ่งเกินกว่าจะจาม

et le gros chat ne semblait pas se soucier du poivre

และแมวตัวใหญ่ดูเหมือนจะไม่รังเกียจพริกไทย

Au lieu de cela, le gros chat souriait d'une oreille à l'autre

แมวตัวใหญ่กลับยิ้มจากหูถึงหู

— Pourriez-vous me le dire, s'il vous plaît, dit Alice un peu timidement

"ช่วยบอกฉันหน่อยได้ไหม" อลิซพูดอย่างขี้อายเล็กน้อย

« Pourquoi ton chat sourit-il comme ça ? »

"ทำไมแมวของคุณถึงยิ้มแบบนั้น"

« C'est un Cheshire-Cat, » dit la duchesse

"มันเป็นแมวเชเชียร์" ดัชเชสกล่าว

« Et c'est pourquoi il sourit d'une oreille à l'autre »

"และนั่นเป็นเหตุผลที่เขายิ้มจากหูถึงหู"

« Je ne savais pas qu'un Cheshire-Cat souriait toujours »

"ฉันไม่รู้ว่าแมวเชเชียร์ยิ้มเสมอ"

« En fait, je ne savais pas que les chats pouvaient sourire », a déclaré Alice

"อันที่จริง ฉันไม่รู้ว่าแมวสามารถยิ้มได้" อลิซกล่าว

— Il y a beaucoup de choses que vous ne savez pas, dit la duchesse

"มีหลายอย่างที่คุณไม่รู้" ดัชเชสกล่าว

« Il y a beaucoup de choses que vous ne savez pas et c'est un fait »

"มีหลายสิ่งที่คุณไม่รู้และนั่นคือความจริง"

Juste à ce moment-là, le cuisinier retira le chaudron de soupe du feu

จากนั้นพ่อครัวก็เอาหม้อซุปออกจากกองไฟ

et aussitôt, elle commença à jeter tout ce qui était à sa portée

และทันทีที่เธอเริ่มโยนทุกอย่างให้เอื้อมถึง

elle jeta tout ce qu'elle put sur la duchesse et le bébé

เธอโยนทุกอย่างที่เธอทำได้ใส่ดัชเชสและทารก

D'abord, elle jeta les fers à feu

ก่อนอื่นเธอขว้างเตารีดไฟ

Puis elle a jeté une poignée de casseroles

จากนั้นเธอก็โยนกระทะหนึ่งกำมือ

et enfin elle jeta les assiettes et les plats

และในที่สุดเธอก็โยนจานและจาน

La duchesse ne fit pas attention à elle

ดัชเชสไม่สนใจเธอ

Même lorsqu'elle a été frappée par une assiette, elle ne s'est pas inquiétée

แม้เธอจะถูกจานกระแทก เธอก็ไม่กังวล

Le bébé hurlait déjà tellement

ทารกหอนมากแล้ว

Il était donc impossible de dire si les coups blessaient le bébé ou non

ดังนั้นจึงเป็นไปไม่ได้ที่จะบอกว่าการกระแทกนั้นทำร้ายทารกหรืออไม่

« Oh, je vous en prie, faites attention à ce que vous faites ! » s'écria Alice

"โอ้ โปรดระวังสิ่งที่คุณกำลังทำอยู่!" อลิซร้อง

et elle sautait de haut en bas dans une agonie de terreur

และเธอกระโดดขึ้นลงด้วยความเจ็บปวดด้วยความหวาดกลัว

la duchesse offrit le bébé à Alice

ดัชเชสเสนอทารกให้อลิซ

« Ici ! Tu peux allaiter un peu le bébé, si tu veux !

"นี่! คุณสามารถให้นมทารกสักหน่อยได้ถ้าคุณต้องการ!"

et elle lui lança l'enfant tout en parlant

และเธอก็ขว้างทารกใส่เธอขณะที่เธอพูด

« Je dois aller me préparer à jouer au croquet avec la reine »

"ฉันต้องไปเตรียมพร้อมที่จะเล่นโครเก้กับราชินี"

et elle se hâta de sortir de la chambre

และเธอก็รีบออกจากห้อง

Alice attrapa le bébé avec quelque difficulté

อลิซจับทารกได้ด้วยความยากลำบาก

parce que c'était une petite créature de forme très étrange

เพราะมันเป็นสิ่งมีชีวิตตัวเล็ก ๆ ที่มีรูปร่างแปลกมาก

et l'enfant tendit les bras et les jambes dans toutes les directions

และทารกก็ยื่นแขนและขาไปทุกทิศทาง

« Je ferais mieux d'emmener cet enfant avec moi », pensa Alice

"ฉันควรพาเด็กคนนี้ไปกับฉันดีกว่า" อลิซคิด

« Ils sont sûrs de tuer ce bébé dans un jour ou deux »

"พวกเขาจะต้องฆ่าทารกคนนี้ในหนึ่งหรือสองวัน"

« Ne serait-ce pas un meurtre de laisser ce bébé derrière soi ? »

"การทิ้งทารกคนนี้ไว้เบื้องหลังจะไม่เป็นการฆาตกรรมเหรอ"

Elle prononça les derniers mots à haute voix

เธอพูดคำสุดท้ายออกมาดัง ๆ

Et la petite créature grogna en réponse

และสิ่งเล็ก ๆ น้อย ๆ ก็คำรามตอบ

« Tu ferais mieux de ne pas te transformer en cochon, ma chère, » dit Alice

"คุณไม่ควรกลายเป็นหมูที่รัก" อลิซกล่าว

« ou alors je n'aurai plus rien à faire avec toi »

"ไม่งั้นฉันจะไม่มีอะไรกับคุณอีกแล้ว"

Alice commençait à peine à penser en elle-même :

อลิซเพิ่งเริ่มคิดในใจ:

« Maintenant, que vais-je faire de cette créature, quand je la ramène à la maison ? »

"ตอนนี้ ฉันจะทำอย่างไรกับสิ่งมีชีวิตตัวนี้ เมื่อฉันได้มันกลับบ้าน"

Mais alors la petite créature grogna un peu violemment

แต่แล้วสิ่งมีชีวิตตัวเล็ก ๆ ก็คำรามอย่างรุนแรงเล็กน้อย

et Alice baissa les yeux sur son visage avec une certaine inquiétude

และอลิซก็ก้มลงมองหน้ามันด้วยความตื่นตระหนก

Cette fois, il ne pouvait y avoir d'erreur à ce sujet

คราวนี้คงไม่มีความผิดพลาดเกี่ยวกับเรื่องนี้

Ce n'était ni plus ni moins qu'un cochon

มันไม่มากหรือน้อยไปกว่าหมู

alors elle déposa la petite créature

ดังนั้นเธอจึงวางสิ่งมีชีวิตตัวเล็ก ๆ ลง

et la petite créature s'éloigna tranquillement dans le bois

และสิ่งมีชีวิตตัวเล็ก ๆ ก็วิ่งเหยาะๆ เข้าไปในป่าอย่างเงียบ ๆ

Alice se sentit tout à fait soulagée de voir la créature partir

อลิซรู้สึกโล่งใจมากที่ได้เห็นสิ่งมีชีวิตนั้นจากไป

Alice fut un peu surprise en voyant le Chat-Cheshire

อลิซตกใจเล็กน้อยเมื่อเห็นแมวเชเชียร์

Il était assis sur une branche d'arbre à quelques mètres de là

มันนั่งอยู่บนกิ่งไม้ที่ห่างออกไปไม่กี่หลา

Le chat ne sourit que lorsqu'il la vit

แมวยิ้มเมื่อเห็นเธอ

« Chat du Cheshire », commença Alice un peu timidement

"แมวเชเชียร์" อลิซเริ่มค่อนข้างขี้อาย

« Pourriez-vous s'il vous plaît me dire dans quelle direction
je dois aller à partir d'ici ? »

"คุณช่วยบอกฉันหน่อยได้ไหมว่าฉันควรไปทางไหนจากที่นี่"

« Dans cette direction », dit le chat

"ในทิศทางนั้น" แมวพูด

et il agita la patte droite

และมันโบกอุ้งเท้าขวาไปรอบ ๆ

« C'est dans cette direction que vit un fabricant de
chapeaux »

"ในทิศทางนั้นมีช่างทำหมวกอาศัยอยู่"

puis le chat agita son autre patte

จากนั้นแมวก็โบกอุ้งเท้าอีกข้าง

« Et dans cette direction vit un lièvre de marche »

"และกระต่ายเดินขบวนอาศัยอยู่ในทิศทางนั้น"

« Visitez l'un ou l'autre de vos goûts ; Ils sont tous les deux fous"

"เยี่ยมชมอย่างที่คุณชอบ พวกเขาทั้งคู่บ้า"

— Mais je ne veux pas aller parmi des fous, remarqua Alice

"แต่ฉันไม่อยากไปท่ามกลางคนบ้า" อลิซกล่าว

« Oh, tu ne peux pas t'en empêcher, » dit le Chat

"โอ้ คุณช่วยไม่ได้" แมวพูด

« Nous sommes tous fous ici »

"เราทุกคนบ้าที่นี่"

« Tu joues au croquet avec la reine aujourd'hui ? »

"วันนี้คุณเล่นโครเก้กับราชินีหรือเปล่า"

— J'aimerais beaucoup, dit Alice

"ฉันอยากมาก" อลิซกล่าว

« mais je n'ai pas encore été invité »

"แต่ฉันยังไม่ได้รับเชิญ"

« Tu me verras là-bas », dit le Chat

"คุณจะเห็นฉันที่นั่น" แมวพูด

et d'un instant à l'autre le chat disparaissait

และจากช่วงเวลาหนึ่งไปอีกช่วงเวลาหนึ่งแมวก็หายไป

bientôt Alice arriva en vue de la maison du lièvre de marche

ในไม่ช้าอลิซก็มองเห็นบ้านของกระต่ายเดินขบวน

C'était une très grande maison

นี่เป็นบ้านหลังใหญ่มาก

alors Alice ne voulait pas s'approcher de la maison
อลิซจึงไม่อยากเข้าใกล้บ้าน

D'abord, elle a dû grignoter un peu plus du morceau de champignon du côté gauche
ก่อนอื่นเธอต้องแทะเห็ดด้านซ้ายอีก

Un thé fou
ปาร์ตี้น้ำชาที่บ้าคลั่ง

Devant la maison, il y avait un arbre
หน้าบ้านมีต้นไม้

et sous l'arbre, il y avait une table
และใต้ต้นไม้มีโต๊ะ

et la table était dressée avec toutes sortes de couverts
และโต๊ะก็ถูกจัดวางด้วยช้อนส้อมทุกประเภท

Le lièvre de mars et le chapelier étaient à table
กระต่ายเดินขบวนและช่างทำหมวกอยู่ที่โต๊ะ

et ensemble ils prenaient le thé
และพวกเขากำลังดื่มชาด้วยกัน

Un loir était assis entre eux
ดอร์เมาส์นั่งอยู่ระหว่างพวกเขา

et le loir dormait profondément
และหนูนอนก็หลับสนิท

La table était d'une taille extraordinaire
โต๊ะมีขนาดพิเศษ

mais la majeure partie de la table était inoccupée
แต่โต๊ะส่วนใหญ่ว่างเปล่า

**Ils étaient assis serrés les uns contre les autres dans un coin
de la table**
พวกเขานั่งเบียดเสียดกันที่มุมหนึ่งของโต๊ะ

et pourtant ils s'excusaient quand ils voyaient Alice
แต่พวกเขาก็แก้ตัวเมื่อเห็นอลิซ

« Pas de place ! Pas de place ! » crièrent-ils
"ไม่มีห้อง! ไม่มีห้อง!" พวกเขาตะโกน

« Il y a beaucoup de place ! » dit Alice avec indignation

"มีที่ว่างมากมาย!" อลิซพูดอย่างโกรธเคือง

À l'une des extrémités de la table, il y avait un grand fauteuil
ที่ปลายด้านหนึ่งของโต๊ะมีเก้าอี้เท้าแขนขนาดใหญ่

et Alice s'assit dans le fauteuil
และอลิซก็นั่งบนเก้าอี้เท้าแขน

Le chapelier ouvrit de grands yeux
ช่างทำหมวกลืมตากว้างมาก

Il n'arrivait pas à croire ce qu'il voyait
เขาไม่อยากจะเชื่อในสิ่งที่เขาเห็น

Mais son esprit était curieux d'autres choses
แต่จิตใจของเขาอยากรู้อยากเห็นเกี่ยวกับสิ่งอื่น ๆ

« Pourquoi un corbeau est-il comme un bureau ? »
"ทำไมอีกาถึงเหมือนโต๊ะเขียนหนังสือ?"

Alice était prête à relever le défi
อลิซเปิดรับความท้าทาย

« Je suis content qu'ils aient commencé à poser des énigmes »
"ฉันดีใจที่พวกเขาเริ่มถามปริศนา"

— Je crois que je peux le deviner, ajouta-t-elle à haute voix
"ฉันเชื่อว่าฉันเดาได้" เธอเสริมดัง ๆ

Le lièvre de mars s'est curieux de connaître Alice
กระต่ายเดินขบวนเริ่มอยากรู้เกี่ยวกับอลิซ

« Pensez-vous vraiment que vous pouvez trouver la réponse ? »
"คุณคิดว่าคุณจะพบคำตอบได้จริงหรือ"

— Je crois que je peux trouver la réponse, en effet, dit Alice
"ฉันคิดว่าฉันสามารถหาคำตอบได้จริงๆ" อลิซกล่าว

« Alors, tu devrais dire ce que tu veux dire », continua le

lièvre de marche

"ถ้าอย่างนั้นคุณควรพูดว่าคุณหมายถึงอะไร"

กระต่ายเดินขบวนดำเนินต่อไป

— Je dis ce que je pense, répondit vivement Alice

"ฉันพูดในสิ่งที่ฉันหมายถึง" อลิซรีบตอบ

« à tout le moins, je pense ce que je dis »

"อย่างน้อยที่สุดฉันหมายถึงสิ่งที่ฉันพูด"

« C'est la même chose, vous savez »

"นั่นก็เหมือนกัน คุณรู้ไหม"

Le loir a également contribué à la conversation

ดอร์เมาส์ก็มีส่วนในการสนทนาเช่นกัน

mais le loir semblait parler dans son sommeil

แต่หนูนอนดูเหมือนจะพูดขณะหลับใหล

« Je respire quand je dors »

"ฉันหายใจเมื่อฉันนอนหลับ"

« Je dors quand je respire ! »

"ฉันนอนหลับเมื่อหายใจ!"

« Autant dire qu'ils sont les mêmes aussi »

"คุณอาจจะบอกว่าพวกเขาเหมือนกัน"

« C'est la même chose pour toi », dit le chapelier

"มันก็เหมือนกันกับคุณ" ช่างทำหมวกกล่าว

Et il versa un peu de thé sur le nez du loir

และเขาก็เทชาเล็กน้อยลงบนจมูกของดอร์เมาส์

Le Loir secoua la tête avec impatience

ดอร์เมาส์ส่ายหัวอย่างไม่อดทน

et le loir parla de nouveau, sans ouvrir les yeux

และหนูหลังพูดอีกครั้งโดยไม่ลืมตา

« Bien sûr, bien sûr que c'est la même chose »

"แน่ฉอน แน่นอนว่ามันเหมือนกัน"

« C'est juste ce que j'allais dire moi-même »

"นั่นคือสิ่งที่ฉันจะพูดด้วยตัวเอง"

Le chapelier se tourna vers Alice et lui posa une autre question

ช่างทำหมวกหันไปหาอลิซและถามคำถามอื่น

« As-tu déjà deviné l'énigme ? »

"คุณเดาปริศนาแล้วหรือยัง"

« Non, j'abandonne », a concédé Alice

"ไม่ ฉันยอมแพ้" อลิซยอมรับ

« Quelle est la réponse ? » voulait-elle savoir

"คำตอบคืออะไร" เธออยากรู้

— Je n'en ai pas la moindre idée, dit le chapelier

"ฉันไม่มีความคิดแม้แต่น้อย" ช่างทำหมวกกล่าว

« Moi non plus, » dit le lièvre de marche

"ฉันไม่รู้" กระต่ายเดินขบวนกล่าว

Alice poussa un soupir de lassitude

อลิซถอนหายใจอย่างเหนื่อยล้า

« Il y a de meilleures utilisations du temps que des énigmes sans réponses »

"มีการใช้เวลาที่ดีกว่าปริศนาที่ไม่มีคำตอบ"

« Prends encore du thé », dit le lièvre de marche à Alice, très sérieusement

"ดื่มชาอีกสักหน่อย" กระต่ายเดินขบวนพูดกับอลิซอย่างจริงจัง

Alice était assez offensée par l'offre

อลิซค่อนข้างขุ่นเคืองกับข้อเสนอนี้

— Je n'ai pas encore pris de thé, répondit Alice

"ฉันยังไม่ได้ดื่มชา" อลิซตอบ

« donc je ne peux plus prendre de thé »

"ดังนั้นฉันจึงไม่สามารถดื่มชาได้อีกต่อไป"

— Vous voulez dire que vous ne pouvez pas prendre moins de thé, dit le chapelier

"คุณหมายความว่าคุณไม่สามารถดื่มชาน้อยลงได้"

ช่างทำหมวกกล่าว

« C'est très facile de prendre plus que rien »

"มันง่ายมากที่จะรับมากกว่าไม่มีอะไรเลย"

À ces mots, Alice se leva et s'en alla

เมื่อถึงจุดนี้ อลิซก็ลุกขึ้นและเดินออกไป

Le loir s'endormit instantanément

หนูนอนหลับทันที

et ni l'un ni l'autre ne firent la moindre attention à son départ

และไม่มีใครสังเกตเห็นว่าเธอไป

bien qu'elle ait regardé en arrière une ou deux fois
แม้ว่าเธอจะมองย้อนกลับไปหนึ่งหรือสองครั้ง

Ils essayaient de mettre le loir dans la théière
พวกเขาพยายามใส่หนูนอนลงในกาน้ำชา

« En tout cas, je n'y retournerai plus ! » dit Alice
"ยังไงก็ตาม ฉันจะไม่ไปที่นั่นอีก!" อลิซกล่าว

et elle se fraya un chemin à travers les bois
และเธอเดินผ่านป่า

« c'était le thé le plus stupide auquel j'aie jamais assisté »
"นั่นเป็นงานเลี้ยงน้ำชาที่โง่ที่สุดที่ฉันเคยไป"

Juste au moment où elle disait cela, elle remarqua quelque chose
ขณะที่เธอพูดแบบนี้ เธอก็สังเกตเห็นบางอย่าง

L'un des arbres avait une porte qui y menait directement
ต้นไม้ต้นหนึ่งมีประตูที่นำไปสู่มัน

« C'est très intéressant ! » a-t-elle pensé
"น่าสนใจมาก!" เธอคิด

« Je pense que je peux aussi bien passer la porte »
"ฉันคิดว่าฉันอาจจะผ่านประตูไปได้ดีกว่า"

Et elle passa par la porte
และเธอก็เดินผ่านประตูไป

Une fois de plus, elle se retrouva dans le long couloir
อีกครั้งที่เธอพบว่าตัวเองอยู่ในห้องโถงยาว

de nouveau, elle était près de la petite table de verre
เธออยู่ใกล้กับโต๊ะกระจกเล็กๆ อีกครั้ง

Elle prit la petite clé d'or
เธอหยิบกุญแจทองคำตัวเล็ก ๆ

et elle ouvrit la porte qui donnait sur le jardin

และเธอก็ปลดล็อกประตูที่นำไปสู่สวน

Puis elle s'est mise au travail pour grignoter le champignon

จากนั้นเธอก็เริ่มทำงานแทะเห็ด

Elle avait gardé un morceau du champignon dans sa poche

เธอเก็บเห็ดชิ้นหนึ่งไว้ในกระเป๋าเสื้อของเธอ

Et finalement, elle mesurait environ un mètre

และในที่สุดเธอก็สูงประมาณหนึ่งเมตร

Puis elle descendit le petit couloir

จากนั้นเธอก็เดินไปตามทางเดินเล็กๆ

Et puis elle s'est finalement retrouvée dans le magnifique jardin

และในที่สุดเธอก็พบว่าตัวเองอยู่ในสวนที่สวยงาม

et elle était parmi les fleurs brillantes et les fontaines fraîches

และเธออยู่ท่ามกลางดอกไม้ที่สดใสและน้ำพุเย็น

Le terrain de croquet de la reine
สนามโครเก้ของราชินี

Un grand rosier se dressait près de l'entrée du jardin
ต้นกุหลาบขนาดใหญ่ตั้งตระหง่านอยู่ใกล้ทางเข้าสวน

Les roses qui poussaient sur l'arbre étaient blanches
กุหลาบที่เติบโตบนต้นไม้เป็นสีขาว

Mais il y avait trois jardiniers qui peignaient la rose
แต่มีชาวสวนสามคนที่วาดดอกกุหลาบ

Ils étaient occupés à peindre les roses en rouge
พวกเขากำลังยุ่งอยู่กับการทาสีดอกกุหลาบเป็นสีแดง

et Alice les regardait peindre les roses en rouge
และอลิซกำลังเฝ้าดูพวกเขาทาสีกุหลาบเป็นสีแดง

et soudain leurs yeux tombèrent par hasard sur Alice
ทันใดนั้นสายตาของพวกเขาก็ตกลงมาที่อลิซ

Alice parlait un peu timidement
อลิซพูดอย่างขี้อายเล็กน้อย

« Pourriez-vous me le dire, s'il vous plaît ? »
"ช่วยบอกฉันได้ไหม"

« Pourquoi peignez-vous tous ces roses ? »
"ทำไมพวกคุณถึงวาดดอกกุหลาบเหล่านั้น"

cinq et sept ne dirent rien, mais regardèrent deux
ห้าและเจ็ดไม่พูดอะไร แต่มองไปที่สอง

deux d'entre eux parlèrent à voix basse
สองคนพูดด้วยเสียงต่ำ

— Eh bien, le fait est, voyez-vous, madame.
"ทำไม ความจริงก็คือ คุณเห็นไหม มาดาม"

« Celui-ci aurait dû être un rosier rouge »
"ที่นี่น่าจะเป็นต้นกุหลาบสีแดง"

« Et nous avons mis un rosier blanc par erreur »
"และเราใส่ต้นกุหลาบสีขาวโดยไม่ได้ตั้งใจ"

« Comme vous en conviendrez, la reine ne doit pas le découvrir »
"อย่างที่คุณเห็นด้วย ราชินีต้องไม่รู้"

« Sinon, nous aurions tous la tête tranchée »
"ไม่เช่นนั้นเราทุกคนจะถูกตัดศีรษะ"

« Alors vous voyez, madame, nous faisons de notre mieux »
"คุณเห็นไหม คุณหญิง เรากำลังพยายามอย่างเต็มที่"

La cinquième carte avait regardé anxieusement à travers le jardin
การ์ดที่ห้ามองข้ามสวนอย่างกังวล

À ce moment, la cinquième carte cria : « La dame ! La reine !
ในขณะนี้ไพ่ที่ห้าตะโกนว่า "ราชินี! ราชินี!"

Et les trois jardiniers s'enfuirent aussitôt
และชาวสวนทั้งสามก็รีบหนีไปทันที

et ils se jetèrent à plat ventre
และพวกเขาก็ทรุดตัวลงบนใบหน้าของพวกเขา

Il y eut un bruit de nombreux pas
มีเสียงฝีเท้ามากมาย

Alice regarda autour d'elle, impatiente de voir la reine
อลิซมองไปรอบ ๆ กระตือรือร้นที่จะเห็นราชินี

Au début de la procession se trouvaient dix soldats
ในตอนเริ่มต้นของขบวนมีทหารสิบคน

leurs mains et leurs pieds étaient dans les coins
มือและเท้าของพวกเขาอยู่ที่มุม

et dans leurs mains et leurs pieds étaient des massues
และในมือและเท้าของพวกเขามีกระบอง

Venaient ensuite les dix courtisans

ถัดมาคือข้าราชบริพารทั้งสิบคน

Les courtisans étaient partout ornés de diamants

ข้าราชบริพารประดับประดาด้วยเพชร

Après les courtisans sont venus les enfants royaux

หลังจากข้าราชบริพารมา

Il y avait dix enfants royaux

มีบุตรราชวงศ์สิบคน

et tous les enfants royaux étaient ornés de cœurs

และบุตรราชวงศ์ทุกคนประดับประดาด้วยหัวใจ

Venaient ensuite les invités ; principalement des rois et des reines

ถัดมาคือแขก ส่วนใหญ่เป็นกษัตริย์และราชินี

et parmi les rois et la reine, Alice vit quelqu'un

และท่ามกลางกษัตริย์และราชินีอลิซเห็นใครบางคน

Elle revit le lapin blanc qu'elle avait chassé

เธอเห็นกระต่ายขาวที่เธอไล่ตามอีกครั้ง

Le cortège était suivi par le valet de cœur

ขบวนเดินตามมีดแห่งหัวใจ

Il portait la couronne du roi

เขาถือมงกุฎของกษัตริย์

et la couronne du roi était sur un coussin de velours cramoisi

และมงกุฎของกษัตริย์อยู่บนเบาะกำมะหยี่สีแดงเข้ม

Et puis vint la fin de ce grand cortège

และแล้วก็สิ้นสุดขบวนแห่ที่ยิ่งใหญ่นี้

Et là, à la fin, il y avait le Roi et la Reine de Cœur

และในตอนท้ายก็มีกษัตริย์และราชินีแห่งหัวใจ

le cortège arriva en face d'Alice

ขบวนมาตรงข้ามกับอลิซ

et ils s'arrêtèrent tous et la regardèrent
และพวกเขาทั้งหมดก็หยุดและมองไปที่เธอ

et la reine dit sévèrement : « Qui est-ce ? »
ราชินีตรัสอย่างหนักแน่นว่า "นี่คือใคร?"

Elle l'a dit au Valet de Cœur
เธอพูดกับคนาฟแห่งหัวใจ

Mais il s'est contenté de s'incliner et de sourire en réponse
แต่เขาแค่โค้งคำนับและยิ้มตอบ

Alice parla très poliment
อลิซพูดอย่างสุภาพมาก

« Je m'appelle Alice, alors faites plaisir à Votre Majesté »
"ฉันชื่ออลิซ ดังนั้นโปรดพระบาทสมเด็จพระเจ้าอยู่หัว"

Mais elle avait d'autres pensées pour elle-même
แต่เธอมีความคิดอื่นกับตัวเอง

« Ce n'est qu'un jeu de cartes, après tout ! »
"ท้ายที่สุดแล้วมันเป็นเพียงแพ็คการ์ด!"

« Savez-vous jouer au croquet ? » cria la reine
"คุณเล่นโครเก้ได้ไหม" ราชินีตะโกน

La question était évidemment destinée à Alice
เห็นได้ชัดว่าคำถามนี้มีไว้สำหรับอลิซ

— Oui ! dit Alice d'une voix forte
"ใช่!" อลิซพูดเสียงดัง

« Venez jouer alors ! » rugit la reine
"มาเล่นเถอะ!" ราชินีคำราม

une voix timide s'adressa à Alice
เสียงขี้อายพูดกับอลิซ

« C'est une très belle journée ! »
"มันเป็นวันที่อากาศดีมาก!"

Elle se promenait près du lapin blanc
เธอกำลังเดินผ่านกระต่ายขาว

et le Lapin Blanc jetait un coup d'œil anxieux sur son visage
และกระต่ายขาวก็แอบมองเข้าไปในใบหน้าของเธออย่างกังวล

« Une très belle journée, en effet, confirma Alice
"เป็นวันที่อากาศดีมากจริงๆ" อลิซยืนยัน

« Où est la duchesse ? »
"ดัชเชสอยู่ที่ไหน"

« Chut ! Chut ! dit le Lapin
"เงียบ! เงียบ!" กระต่ายกล่าว

« Elle est sous le coup d'une sentence d'exécution »
"เธออยู่ภายใต้โทษประหารชีวิต"

« Pourquoi est-elle exécutée ? » demanda Alice
"เธอถูกประหารชีวิตเพื่ออะไร" อลิซถาม

« Elle a éraflé les oreilles de la reine », commença le lapin
"เธอขูดหูของราชินี" กระต่ายเริ่ม

cria la reine d'une voix de tonnerre
ราชินีตะโกนด้วยเสียงฟ้าร้อง

« Retournez à vos endroits ! »
"ไปที่ของคุณ!"

et les gens se mirent à courir dans toutes les directions
และผู้คนก็เริ่มวิ่งไปทั่วทุกทิศทาง

et ils tombèrent tous les uns contre les autres
และพวกเขาทั้งหมดก็ล้มลงชนกัน

Cependant, ils se sont calmés en une minute ou deux
อย่างไรก็ตาม พวกเขาก็สงบลงภายในหนึ่งหรือสองนาที

Et puis le jeu a commencé
และจากนั้นเกมก็เริ่มขึ้น

Alice n'avait jamais vu un terrain de croquet aussi curieux
อลิซไม่เคยเห็นสนามโครเก้ที่แปลกประหลาดขนาดนี้มาก่อน

L'herbe n'était que crêtes et sillons
หญ้าเป็นสันเขาและร่องทั้งหมด

Les boules de croquet étaient de vrais hérissons
ลูกโครเก้เป็นเม่นจริง

Et les maillets étaient de vrais flamants roses
และค้อนเป็นนกฟลามิงโกจริง

et les soldats se tinrent sur leurs mains et leurs pieds
ทหารก็ยืนด้วยมือและเท้าของพวกเขา

Parce que les arches ont été faites à partir de leurs corps
เพราะซุ้มประตูถูกสร้างขึ้นจากร่างกายของพวกเขา

Les joueurs ont tous joué en même temps
ผู้เล่นทั้งหมดเล่นพร้อมกัน

Personne n'attendait son tour
ไม่มีใครรอคิว

et tout le monde se querellait avec tout le monde
และทุกคนทะเลาะกับทุกคน

et tous se battaient pour les hérissons
และทุกคนกำลังต่อสู้เพื่อเม่น

Bientôt, la reine fut dans une colère furieuse
ในไม่ช้าราชินีก็อยู่ในความหลงใหลที่โกรธแค้น

et elle s'est mise à piétiner et à crier
และเธอก็เริ่มกระทืบและตะโกน

« Coupez-lui la tête ! »
"ตัดหัวเขา!"

« Coupez-lui la tête ! »
"ตัดหัวเธอ!"

« Coupez-leur la tête ! »
"ตัดหัวของพวกเขาออกทั้งหมด!"
De nouveau, Alice pensa en elle-même
อลิซคิดในใจอีกครั้ง
« Ils sont affreusement friands de décapiter les gens ici »
"พวกเขาชอบตัดศีรษะคนที่นี่อย่างน่ากลัว"
« Ce qui est très étonnant, c'est qu'il reste quelqu'un en vie !
»
"สิ่งมหัศจรรย์ที่ยิ่งใหญ่คือมีใครก็ตามที่เหลืออยู่!"
Elle cherchait un moyen de s'échapper
เธอกำลังมองหาทางหลบหนี
Elle remarqua une curieuse apparition dans l'air
เธอสังเกตเห็นรูปลักษณ์ที่น่าสงสัยในอากาศ
« C'est le chat du Cheshire », se dit-elle
"มันคือแมวเชชเชียร์" เธอพูดกับตัวเอง
« maintenant j'aurai quelqu'un à qui parler »
"ตอนนี้ฉันจะมีใครสักคนคุยด้วย"
« Comment vas-tu ? » dit le chat
"คุณเป็นอย่างไรบ้าง" แมวพูด
« Je ne pense pas qu'ils jouent du tout équitablement », a
déclaré Alice
"ฉันไม่คิดว่าพวกเขาเล่นอย่างยุติธรรมเลย" อลิซกล่าว
et elle avait un ton plutôt plaintif
และเธอมีน้ำเสียงที่ค่อนข้างบ่น
« Ils se querellent tous si affreusement »
"พวกเขาทั้งหมดทะเลาะกันอย่างน่ากลัว"
« On ne s'entend pas parler »
"คนเราไม่ได้ยินตัวเองพูด"
« Et ils ne semblent pas jouer selon des règles »

"และดูเหมือนว่าพวกเขาจะไม่เล่นตามกฎเกณฑ์ใด ๆ "
le chat a posé une question à Alice à voix basse
แมวถามอลิซด้วยเสียงต่ำ
« Comment aimez-vous la reine ? »
"คุณชอบราชินีอย่างไร"
— Je ne l'aime pas du tout, dit Alice
"ฉันไม่ชอบเธอเลย" อลิซกล่าว

Alice pensa qu'elle ferait aussi bien d'y retourner
อลิซคิดว่าเธออาจจะกลับไปดีกว่า
Elle voulait voir comment le match se passait
เธอต้องการดูว่าเกมเป็นอย่างไร
Elle est partie à la recherche de son hérisson
เธอออกไปตามหาเม่นของเธอ
Le hérisson était occupé à combattre un autre hérisson
เม่นกำลังยุ่งอยู่กับการต่อสู้กับเม่นอีกตัว

C'était une excellente occasion
นี่เป็นโอกาสที่ดี

Elle pouvait croquer un hérisson avec l'autre
เธอสามารถโครเก้เม่นตัวหนึ่งกับอีกตัวหนึ่งได้

Mais son flamant rose était de l'autre côté du jardin
แต่นกฟลามิงโกของเธออยู่อีกด้านหนึ่งของสวน

Le flamant rose était plutôt maladroit
นกฟลามิงโกค่อนข้างเงอะงะ

Son flamant rose essayait de s'envoler dans un arbre
นกฟลามิงโกของเธอพยายามบินขึ้นไปบนต้นไม้

Elle attrapa le flamant rose par la patte
เธอจับนกฟลามิงโกที่ขา

Et elle glissa le flamant rose sous son bras
และเธอก็ซุกนกฟลามิงโกไว้ใต้วงแขนของเธอ

De cette façon, le flamant rose ne pouvait plus s'échapper
วิธีนี้ฟลามิงโกจะหลบหนีไม่ได้อีก

Juste à ce moment-là, Alice rencontra la duchesse
จากนั้นอลิซบังเอิญได้พบกับดัชเชส

La duchesse était maintenant sortie de prison
ดัชเชสออกจากคุกแล้ว

Elle glissa affectueusement son bras sous celui d'Alice
เธอซุกแขนของเธอไว้ใต้แขนของอลิซด้วยความรัก

puis ils sont partis ensemble
แล้วพวกเขาก็เดินออกไปด้วยกัน

Alice était très heureuse de la trouver d'une humeur si
agréable
อลิซดีใจมากที่พบเธอมีอารมณ์ที่น่ารื่นรมย์

Elle était cependant un peu surprise

อย่างไรก็ตาม เธอตกใจเล็กน้อย

Elle entendit la voix de la duchesse près de son oreille

เธอได้ยินเสียงของดัชเชสอยู่ใกล้หูของเธอ

« Tu penses à quelque chose, ma chérie »

"คุณกำลังคิดอะไรบางอย่างที่รัก"

« Et ça fait oublier de parler »

"และนั่นทำให้คุณลืมพูด"

« Le jeu se passe un peu mieux maintenant », a déclaré Alice

"ตอนนี้เกมค่อนข้างดีขึ้น" อลิซกล่าว

C'était une façon de poursuivre la conversation

มันเป็นวิธีหนึ่งที่ทำให้การสนทนาดำเนินต่อไป

— C'est vrai, dit la duchesse

"มันเป็นเช่นนั้นจริงๆ" ดัชเชสกล่าว

« Et la morale de cela est la suivante : »

"และศีลธรรมของสิ่งนั้นคือ:"

« C'est l'amour qui fait tout ! »

"มันเป็นความรักที่ทำทุกอย่าง!"

« L'amour est ce qui fait tourner le monde »

"ความรักคือสิ่งที่ทำให้โลกหมุนไปรอบ ๆ "

Alice avait une autre explication

อลิซมีคำอธิบายอีกอย่างหนึ่ง

« C'est fait par tout le monde qui s'occupe de ses propres affaires ! »

"มันทำโดยทุกคนที่ใส่ใจธุรกิจของตัวเอง!"

— Ah ! Vous pourriez avoir raison"

"อ่า ดี! คุณอาจจะพูดถูก"

— Tout cela signifie à peu près la même chose, dit la duchesse

"ทั้งหมดนี้มีความหมายเหมือนกันมาก" ดัชเชสกล่าว

et elle enfonça son petit menton pointu dans l'épaule d'Alice

และเธอก็ขุดคางเล็ก ๆ ที่แหลมคมของเธอเข้าไปในไหล่ของอลิซ

« Et la morale de cela est la suivante »

"และศีลธรรมของสิ่งนั้นคือสิ่งนี้"

« Prendre soin du sens »

"ดูแลความรู้สึก"

« Et puis les sons prendront soin d'eux-mêmes »

"แล้วเสียงจะดูแลตัวเอง"

Mais alors le bras de la duchesse se mit à trembler

แต่แล้วแขนของดัชเชสก็เริ่มสั่น

Alice leva les yeux et la reine se tenait là

อลิซเงยหน้าขึ้นและราชินียืนอยู่

La reine avait les bras croisés

ราชินีพับแขน

Et elle fronçait les sourcils comme un orage !

และเธอขมวดคิ้วเหมือนพายุฝนฟ้าคะนอง!

« Je vous préviens », cria la reine

"ข้าเตือนท่านอย่างยุติธรรม" ราชินีตะโกน

et elle piétina le sol tout en parlant

และเธอก็เหยียบพื้นขณะที่เธอพูด

« Soit ta tête, soit sa tête doit être coupée »

"หัวของคุณหรือหัวของเธอต้องหลุด"

« Faites votre choix ! »

"เลือก!"

« Et soyez rapide à ce sujet »

"และรีบไป"

La duchesse fait son choix

ดัชเชสตัดสินใจเลือก

et au bout d'un instant la duchesse avait disparu
และภายในครู่เดียวดัชเชสก็จากไป

Puis la reine s'adressa à Alice
จากนั้นราชินีก็พูดกับอลิซ

« Continuons le jeu »
"ไปต่อกับเกมกันเถอะ"

Alice était trop effrayée pour dire un mot
อลิซกลัวเกินกว่าจะพูดอะไรสักคำ

et elle la suivit lentement jusqu'au terrain de croquet
และเธอค่อยๆ เดินตามเธอกลับไปที่พื้นคร็อก

Pendant tout ce temps, la reine s'est querellée avec les autres joueurs
ตลอดเวลาที่ราชินีทะเลาะกับผู้เล่นคนอื่น ๆ

« Coupez-lui la tête ! »
"ตัดหัวเขา!"

« Coupez-lui la tête ! »
"ตัดหัวเธอ!"

« Coupez-leur la tête ! »
"ตัดหัวของพวกเขาออกทั้งหมด!"

Bientôt, tous les joueurs ont été en garde à vue
ในไม่ช้าผู้เล่นทุกคนก็ถูกควบคุมตัว

il ne restait que le roi, la reine et Alice
มีเพียงกษัตริย์ ราชินี และอลิซเท่านั้นที่เหลืออยู่

Puis la reine s'en alla, tout à fait essoufflée
จากนั้นราชินีก็จากไปด้วยลมหายใจไม่ออก

et elle s'en alla avec Alice
และเธอก็เดินจากไปพร้อมกับอลิซ

Alice entendit le roi dire quelque chose

อลิซได้ยินกษัตริย์พูดอะไรบางอย่างอย่างเงียบ ๆ

« Vous êtes tous pardonnés »

"พวกคุณได้รับการอภัยโทษแล้ว"

Mais soudain, un autre cri se fit entendre

แต่ทันใดนั้นก็ได้ยินเสียงร้องอีกครั้ง

« Le procès commence ! »

"การพิจารณาคดีกำลังเริ่มต้นขึ้น!"

et Alice courut avec les autres

และอลิซก็วิ่งไปพร้อมกับคนอื่นๆ

Qui a volé les tartes ?

ใครขโมยทาร์ต?

Le roi et la reine de cœur étaient assis

กษัตริย์และราชินีแห่งหัวใจนั่งอยู่

ils étaient sur leur trône quand Alice arriva

พวกเขาอยู่บนบัลลังก์เมื่ออลิซมาถึง

Il y avait une grande foule rassemblée autour d'eux

มีฝูงชนจำนวนมากมารวมตัวกันรอบตัวพวกเขา

Il y avait toutes sortes de petits oiseaux et de bêtes

มีนกตัวน้อยและสัตว์ร้ายทุกชนิด

Et il y avait tout le paquet de cartes

และมีการ์ดทั้งซอง

Le coquin se tenait devant eux, enchaîné

มีดยืนอยู่ตรงหน้าพวกเขาด้วยโซ่

et il y avait un soldat de chaque côté pour le garder

และมีทหารอยู่แต่ละด้านคอยเฝ้าพระองค์

près du roi était le lapin blanc

ใกล้กษัตริย์คือกระต่ายขาว

Il avait une trompette dans une main

เขามีแตรอยู่ในมือข้างหนึ่ง

et il avait un rouleau de parchemin dans l'autre main

และเขามีม้วนกระดาษหนังอยู่ในมืออีกข้างหนึ่ง

Au milieu de la cour se trouvait une table

ตรงกลางศาลมีโต๊ะ

Sur la table, il y avait un grand plat de tartes

บนโต๊ะมีทาร์ตจานใหญ่

« J'aimerais qu'ils fassent le procès », pensa Alice

"ฉันหวังว่าพวกเขาจะพิจารณาคดีให้เสร็จ" อลิซคิด

« Alors nous pourrions manger quelques-uns de ces rafraîchissements ! »

"ถ้าอย่างนั้นเราก็กินเครื่องดื่มเหล่านั้นได้!"

Le juge, soit dit en passant, était le roi

ผู้พิพากษาคือกษัตริย์

et il portait sa couronne sur sa grande perruque

และเขาสวมมงกุฎของเขาเหนือวิกผมขนาดใหญ่ของเขา

« C'est le banc des jurés, pensa Alice

"นั่นคือกล่องคณะลูกขุน" อลิซคิด

« Et ces douze créatures, je suppose qu'elles sont les jurés »

"และสิ่งมีชีวิตสิบสองคนนั้น ฉันคิดว่าพวกเขาเป็นลูกขุน"

certains étaient des animaux, et d'autres étaient des oiseaux

บางตัวเป็นสัตว์และบางตัวเป็นนก

Juste à ce moment-là, le lapin blanc a crié

กระต่ายขาวก็ร้องออกมา

« Silence dans la cour ! »

"เงียบในศาล!"

« Héraut, lisez l'accusation ! » dit le roi

"เฮรัลด์ อ่านข้อกล่าวหา!" กษัตริย์ตรัส

Le lapin blanc souffla trois coups de trompette

กระต่ายขาวเป่าทรัมเป็ตสามครั้ง

Puis il déroula le parchemin

จากนั้นเขาก็คลี่ม้วนกระดาษ

Et il a lu ce qui suit :

และเขาอ่านดังนี้:

« La reine de cœur, elle a fait des tartes, »

"ราชินีแห่งหัวใจ เธอทำทาร์ต"

« Tout cela, elle l'a fait un jour d'été »

"ทั้งหมดนี้เธอทำในวันฤดูร้อน"

« Le valet de cœur, il a volé ces tartes »

"มีดแห่งหัวใจ เขาขโมยทาร์ตเหล่านั้น"

« Et il a emporté ces tartes loin ! »

"และเขาก็เอาทาร์ตเหล่านั้นไปไกล!"

« Appelez le premier témoin », dit le roi

"เรียกพยานคนแรก" กษัตริย์ตรัส

et le lapin blanc souffla trois coups de trompette

และกระต่ายขาวก็เป่าแตรสามครั้ง

« Amenez le premier témoin ! » cria-t-il

"นำพยานคนแรกมา!" เขาตะโกน

Le premier témoin était le chapelier

พยานคนแรกคือช่างทำหมวก

Il entra avec une tasse de thé dans une main

เขาเข้ามาพร้อมถ้วยชาในมือข้างหนึ่ง

et il avait un morceau de pain et de beurre dans l'autre main

และเขามีขนมปังและเนยชิ้นหนึ่งอยู่ในมืออีกข้างหนึ่ง

« Tu aurais dû finir », dit le roi

"ท่านควรจะจบแล้ว" กษัตริย์ตรัส

« Quand avez-vous commencé ? »

"คุณเริ่มเมื่อไหร่?"

Le chapelier regarda le lièvre de marche

ช่างทำหมวกมองไปที่กระต่ายเดินขบวน

Le lièvre de marche l'avait suivi dans la cour

กระต่ายเดินขบวนตามเขาเข้าไปในศาล

Il avait marché bras dessus bras dessous avec le loir

เขาเดินจับมือกับหนูนอน

« Le quatorzième mars, je crois, dit-il

"สิบสี่เดือนมีนาคม ฉันคิดว่ามันเป็นเช่นนั้น"

« Rendez votre témoignage », dit le roi

"ให้หลักฐานของคุณ" กษัตริย์ตรัส

« Et ne sois pas nerveux, ou je te ferai exécuter sur-le-champ »

"และอย่าประหม่า ไม่งั้นฉันจะประหารชีวิตคุณทันที"

Cela n'a pas semblé encourager du tout le témoin

สิ่งนี้ดูเหมือนจะไม่สนับสนุนพยานเลย

Il n'arrêtait pas de se déplacer d'un pied sur l'autre

เขาขยับจากเท้าข้างหนึ่งไปอีกข้างหนึ่ง

et il regarda la reine avec inquiétude

และเขามองไปที่ราชินีอย่างไม่สบายใจ

et, dans sa confusion, il mordit un gros morceau de sa tasse de thé

เขากัดชิ้นใหญ่ออกจากถ้วยชาของเขา

En réalité, il voulait croquer dans son pain et son beurre

จริงๆ แล้วเขาตั้งใจจะกัดขนมปังและเนยของเขา

Juste à ce moment, Alice éprouva une sensation très curieuse

ในขณะนั้นอลิซรู้สึกอยากรู้อยากเห็นมาก

Elle commençait à grossir à nouveau

เธอเริ่มโตขึ้นอีกครั้ง

Le misérable chapelier laissa tomber sa tasse de thé

ช่างทำหมวกที่น่าสังเวชทำถ้วยชาหล่น

et le pain et le beurre tombèrent à terre

ขนมปังและเนยก็ตกลงสู่พื้น

et il mit un genou à terre

และเขาก็คุกเข่าลง

« Je suis un pauvre homme, Votre Majesté », a-t-il commencé

"ข้าพเจ้าเป็นคนยากจน พระบาทสมเด็จพระเจ้าอยู่หัว"

« Vous êtes un bien mauvais orateur, » dit le roi

"คุณเป็นนักพูดที่แย่มาก" กษัตริย์ตรัส

« Tu peux y aller, » dit le roi

"ท่านไปได้" กษัตริย์ตรัส

et le chapelier quitta précipitamment la cour

และช่างทำหมวกก็รีบออกจากศาล

« Appelez le témoin suivant ! » dit le roi

"เรียกพยานคนต่อไป!" กษัตริย์ตรัส

Le témoin suivant fut le cuisinier de la duchesse

พยานคนต่อไปคือพ่อครัวของดัชเชส

Elle portait la poivrière à la main

เธอถือกล่องพริกไทยไว้ในมือ

et les gens près de la porte se mirent à éternuer tout à coup

และผู้คนใกล้ประตูก็เริ่มจามพร้อมกัน

« Rendez votre témoignage », dit le roi

"ให้หลักฐานของคุณ" กษัตริย์ตรัส
— Je ne donnerai aucun témoignage, dit le cuisinier
"ฉันจะไม่ให้หลักฐาน" พ่อครัวกล่าว
Le roi regarda anxieusement le lapin blanc
กษัตริย์มองกระต่ายขาวด้วยความกังวล
Et le lapin blanc parlait d'une voix douce
และกระต่ายขาวพูดด้วยเสียงเบา ๆ
« Votre Majesté doit contre-interroger ce témoin »
"พระบาทสมเด็จพระเจ้าอยู่หัวทรงสอบปากคำพยานคนนี้"
« Eh bien, s'il le faut, il le faut, » dit le roi
"ถ้าฉันต้อง ฉันก็ต้อง" กษัตริย์กล่าว
« De quoi sont faites les tartes ? »
"ทาร์ตทำมาจากอะไร"
« Les tartes sont faites de poivre, principalement », a déclaré
le cuisinier
"ทาร์ตส่วนใหญ่ทำจากพริกไทย" พ่อครัวกล่าว
Pendant quelques minutes, toute la cour fut dans la
confusion
สักครู่ทั้งศาลสับสน
Finalement, ils se sont tous calmés
ในที่สุดพวกเขาก็กลับมาตั้งรกรากอีกครั้ง
Mais à ce moment-là, le cuisinier avait disparu
แต่เมื่อถึงตอนนั้นพ่อครัวก็หายตัวไป
« N'importe ! » dit le roi
"ไม่เป็นไร!" กษัตริย์ตรัส
« Appel à la barre du prochain témoin »
"เรียกพยานคนต่อไปมายืน"
Alice regarda le lapin blanc qui tâtonnait sur la liste

อลิซเฝ้าดูกระต่ายขาวขณะที่เขาคลำรายการ

Vous pouvez imaginer sa surprise à ce qu'elle a entendu ensuite

คุณสามารถจินตนาการถึงความประหลาดใจของเธอกับสิ่งที่เธอได้ยินต่อไป

à tue-tête de sa petite voix aiguë, il appela le nom « Alice ! »

เขาเรียกชื่อว่า "อลิซ!"

<h3 align="center">Le témoignage d'Alice</h3>
หลักฐานของอลิซ

« Ici ! » s'écria Alice

"นี่!" อลิซร้อง

Elle se leva d'un bond en toute hâte

เธอกระโดดขึ้นอย่างรีบร้อน

et elle renversa le banc des jurés

และเธอก็พลิกคว่ำกล่องคณะลูกขุน

et elle renversa tous les jurés

และเธอก็ล้มคณะลูกขุนทั้งหมด

et ils tombèrent sur la tête de la foule en bas

และพวกเขาก็ล้มลงบนศีรษะของฝูงชนด้านล่าง

Alice était dans un grand désarroi

อลิซตกใจมาก

« Oh ! je vous demande pardon ! » s'écria-t-elle

"โอ้ ฉันขอโทษ!" เธออุทาน

« Le procès ne peut pas avoir lieu », dit le roi

"การพิจารณาคดีไม่สามารถดำเนินต่อไปได้" กษัตริย์ตรัส

« Les jurés doivent retourner à leur place »

"คณะลูกขุนต้องกลับไปอยู่ในที่ที่เหมาะสม"

Il répéta l'ordre avec beaucoup d'emphase

เขาย้ำคำสั่งด้วยความเน้นย้ำ

et il regarda Alice d'un air sévère

และเขามองอลิซอย่างเคร่งครัด

« Que savez-vous de ces événements ? » demanda le roi à Alice

"คุณรู้อะไรเกี่ยวกับเหตุการณ์เหล่านี้" กษัตริย์ถามอลิซ

— Je ne sais rien à ce sujet, dit Alice

"ฉันไม่รู้อะไรเลยในเรื่องนี้" อลิซกล่าว

Le roi lut ensuite un extrait de son livre

จากนั้นกษัตริย์อ่านจากหนังสือของเขา

« Règle quarante-deux »

"กฎสี่สิบสอง"

« Toutes les personnes de plus d'un kilomètre de haut doivent quitter le tribunal »

"ทุกคนที่สูงเกินหนึ่งไมล์จะต้องออกจากศาล"

« Je ne suis pas à un mille de haut, » dit Alice

"ฉันไม่สูงสักไมล์" อลิซกล่าว

« Près de deux milles de haut », dit la reine

"สูงเกือบสองไมล์" ราชินีตรัส

— Eh bien, je refuse d'y aller, dit Alice
"ฉันปฏิเสธที่จะไป" อลิซกล่าว
Le roi pâlit
กษัตริย์หน้าซีด
et il ferma précipitamment son carnet
และเขาก็รีบปิดสมุดบันทึกของเขา
« Considérez votre verdict », a-t-il dit au jury
"พิจารณาคำตัดสินของคุณ" เขาพูดกับคณะลูกขุน
Il parlait d'une voix basse et tremblante
เขาพูดด้วยน้ำเสียงต่ำและสั่นสะเทือน
Puis le lapin blanc prit la parole
จากนั้นกระต่ายขาวก็พูด
« Il y a encore plus de preuves à venir »
"ยังมีหลักฐานเพิ่มเติมที่จะมา"
et il se leva d'un bond en toute hâte
และเขาก็กระโดดขึ้นอย่างเร่งรีบ
« Ce papier vient d'être retiré »
"กระดาษนี้เพิ่งหยิบขึ้นมา"
« On dirait que c'est une lettre écrite par le prisonnier »
"ดูเหมือนว่าจะเป็นจดหมายที่เขียนโดยนักโทษ"
Il déplia le papier tout en parlant
เขากางกระดาษออกขณะพูด
« Ce n'est pas une lettre, après tout »
"มันไม่ใช่จดหมาย"
« Ce que c'était, c'était un ensemble de versets »
"สิ่งที่เป็นชุดของข้อ"
« S'il vous plaît, Votre Majesté », dit le coquin
"ได้โปรด พระบาทสมเด็จพระเจ้าอยู่หัว" มีดกล่าว

« Je n'ai pas écrit ces vers »
"ฉันไม่ได้เขียนข้อเหล่านั้น"

« et ils ne peuvent pas prouver que j'ai écrit quoi que ce
soit »
"และพวกเขาไม่สามารถพิสูจน์ได้ว่าฉันเขียนอะไรเลย"

« Il n'y a pas de nom signé à la fin »
"ไม่มีชื่อลงนามในตอนท้าย"

Le roi parla au fripon
กษัตริย์ตรัสกับมีด

« Vous avez dû vouloir causer des méfaits »
"คุณคงตั้งใจจะก่อความชั่วร้าย"

« Sinon, tu aurais signé ton nom comme un honnête
homme »
"ไม่เช่นนั้นคุณคงเซ็นชื่อเหมือนคนซื่อสัตย์"

Il y eut un claquement général de mains
มีเสียงปรบมือทั่วไป

Et le roi se tourna vers le lapin blanc
และกษัตริย์ก็หันไปหากระต่ายขาว

« Lisez les vers », ordonna-t-il
"อ่านโองการ" เขาสั่ง

Il y eut un silence de mort dans la cour
มีความเงียบสงบในศาล

et le lapin blanc lut les versets
และกระต่ายขาวก็อ่านโองการ

Ils m'ont dit que vous étiez allé chez elle
พวกเขาบอกฉันว่าคุณเคยไปหาเธอ

Et ils lui parlèrent de moi
และพวกเขาก็พูดถึงฉันกับเขา

Elle m'a donné un bon caractère

เธอให้ตัวละครที่ดีแก่ฉัน

Mais elle a dit que je ne savais pas nager
แต่เธอบอกว่าฉันว่ายน้ำไม่เป็น

Il leur a fait savoir que je n'étais pas parti
เขาส่งข่าวให้พวกเขาว่าฉันไม่ได้ไป

Nous savons que c'est vrai
เรารู้ว่ามันเป็นความจริง

Si elle poussait l'affaire, que deviendriez-vous ?
ถ้าเธอผลักดันเรื่องนี้ต่อไป จะเกิดอะไรขึ้นกับคุณ?

Je lui en ai donné un, ils lui en ont donné deux
ฉันให้เธอหนึ่ง พวกเขาให้เขาสอง

Vous nous en avez donné trois ou plus
คุณให้เราสามหรือมากกว่านั้น

Ils sont tous revenus de sa part vers vous
พวกเขาทั้งหมดกลับมาจากพระองค์ถึงคุณ

bien qu'ils aient été les miens avant
แม้ว่าพวกเขาจะเป็นของฉันมาก่อน

Si j'avais la chance d'être
ถ้าฉันหรือเธอมีโอกาสเป็น

Si j'étais impliqué dans cette affaire
ถ้าฉันหรือเธอมีส่วนเกี่ยวข้องกับเรื่องนี้

Il compte en vous pour les libérer
พระองค์ทรงวางใจให้คุณปลดปล่อยพวกเขา

Exactement comme nous étions
ตรงอย่างที่เราเป็น

Mon idée, c'est que vous aviez été
ความคิดของฉันคือคุณเคยเป็น

Avant qu'elle n'ait cette crise

ก่อนที่เธอจะพอดี

Un obstacle qui s'est dressé entre

อุปสรรคที่มาระหว่าง

Lui, et nous-mêmes, et cela

พระองค์ และตัวเราเอง และมัน

Ne lui faites pas savoir qu'elle les aimait mieux

อย่าให้เขารู้ว่าเธอชอบพวกเขามากที่สุด

Car cela doit être à jamais un secret, caché à tous les autres

เพราะนี่ต้องเป็นความลับตลอดไป

ถูกเก็บไว้จากส่วนที่เหลือทั้งหมด

Ce secret doit rester un secret entre vous et moi

ความลับนี้ต้องยังคงเป็นความลับระหว่างคุณกับฉัน

Le roi était très impressionné

กษัตริย์ประทับใจมาก

« C'est la preuve la plus importante que nous ayons
entendue jusqu'à présent »

"นั่นเป็นหลักฐานที่สำคัญที่สุดที่เราเคยได้ยินมา"

— Je ne crois pas que ces vers aient un atome de sens,
objecta Alice

"ฉันไม่เชื่อว่าข้อพระคัมภีร์เหล่านั้นมีความหมาย" อลิซคัดค้าน

le roi avait sa propre opinion sur la question

กษัตริย์มีความเห็นของพระองค์เองในเรื่องนี้

« S'il n'y a pas de sens dans ces mots, cela sauve un monde
de problèmes »

"ถ้าไม่มีความหมายในคำพูดเหล่านั้น

นั่นจะช่วยโลกแห่งปัญหาได้"

« Alors nous n'avons pas besoin d'essayer de trouver le
sens »

"ถ้าอย่างนั้นเราไม่จำเป็นต้องพยายามหาความหมาย"

« Laissons le jury délibérer sur son verdict »

"ให้คณะลูกขุนพิจารณาคำตัดสินของพวกเขา"

« Non, non ! » dit la reine

"ไม่ ไม่!" ราชินีกล่าว

« La condamnation d'abord, le verdict ensuite »

"ตัดสินก่อน—คำตัดสินหลังจากนั้น"

« Des bêtises et des bêtises ! » dit Alice à haute voix

"เรื่องไร้สาระ!" อลิซพูดเสียงดัง

« Comme il est stupide de condamner l'accusé en premier ! »

"มันโง่แค่ไหนที่จะตัดสินจำเลยก่อน!"

« Tais-toi ! » dit la reine en devenant violette

"กลั้นลิ้น!" ราชินีพูด เปลี่ยนเป็นสีม่วง

« Je ne me tairai pas ! » dit Alice

"ฉันจะไม่กลั้นลิ้น!" อลิซกล่าว

cria la reine à tue-tête

ราชินีตะโกนด้วยเสียงสูงสุด

« Coupez-lui la tête ! »

"ตัดหัวของเธอ!"

Personne n'a fait un mouvement

ไม่มีใครเคลื่อนไหว

« Qui se soucie de ce que vous dites ? » dit Alice

"ใครสนใจสิ่งที่คุณพูด" อลิซกล่าว

Elle avait atteint sa taille maximale à ce moment-là

เธอโตเต็มขนาดในเวลานี้

« Tu n'es rien d'autre qu'un jeu de cartes ! »

"คุณไม่มีอะไรนอกจากการ์ดแพ็ค!"

À ces mots, toutes les cartes se levèrent dans les airs

เมื่อถึงจุดนี้ ไพ่ทั้งหมดลอยขึ้นในอากาศ

et toutes les cartes s'abattaient sur elle

และไพ่ทั้งหมดก็บินลงมาหาเธอ

Elle poussa un petit cri

เธอกรีดร้องเล็กน้อย

Elle était à moitié effrayée, mais aussi en colère

เธอกลัวครึ่งหนึ่ง แต่ก็โกรธเช่นกัน

Et elle a essayé de se battre contre les cartes

และเธอพยายามต่อสู้กับไพ่ของตัวเอง

puis elle se retrouva allongée sur le talus d'herbe

แล้วเธอก็พบว่าตัวเองนอนอยู่บนตลิ่งหญ้า

Sa tête était sur les genoux de sa sœur

ศีรษะของเธออยู่ในตักของน้องสาวของเธอ

Des feuilles mortes s'étaient posées sur son visage

ใบไม้ที่ตายแล้วตกลงบนใบหน้าของเธอ

et sa sœur balayait doucement les feuilles

และน้องสาวของเธอก็ค่อยๆ ปัดใบไม้ออก

« Réveille-toi, ma chère Alice ! » dit sa sœur

"ตื่นขึ้นเถอะ อลิซที่รัก!" น้องสาวของเธอพูด

« Quel long sommeil tu as eu ! »

"คุณนอนหลับนานมาก!"

« Oh, j'ai fait un rêve si curieux ! » dit Alice

"โอ้ ฉันฝันอยากรู้อยากเห็น!" อลิซกล่าว

Et elle raconta à sa sœur tout ce qu'elle pouvait se rappeler

และเธอก็บอกน้องสาวของเธอทุกอย่างที่เธอจำได้

toutes les étranges aventures que vous venez de lire

การผจญภัยแปลก ๆ ทั้งหมดที่คุณเพิ่งอ่าน

Alice se leva et s'enfuit en courant

อลิซลุกขึ้นและวิ่งหนีไป

et elle pensait, tout en courant, à son rêve

และเธอคิดถึงความฝันของเธอในขณะที่เธอวิ่ง

« Quel rêve merveilleux cela avait été ! »

"ช่างเป็นความฝันที่ยอดเยี่ยมจริงๆ!"